# ÓRFÃOS DO ELDORADO

MILTON HATOUM

# ÓRFÃOS DO ELDORADO

Copyright © 2008 by Milton Hatoum
Publicado mediante acordo com a Canongate Books Ltd., Edinburgh

*Grafia atualizada segundo o Acordo Ortográfico da Língua Portuguesa de 1990,
que entrou em vigor no Brasil em 2009.*

*Capa*
Jeff Fisher

*Preparação*
Márcia Copola

*Revisão*
Renato Potenza Rodrigues
Luciana Baraldi

*Atualização ortográfica*
Página Viva

*Os personagens e as situações desta obra são reais apenas no universo da ficção;
não se referem a pessoas e fatos concretos, e não emitem opinião sobre eles.*

Dados Internacionais de Catalogação na Publicação (CIP)
(Câmara Brasileira do Livro, SP, Brasil)

Hatoum, Milton
 Órfãos do Eldorado / Milton Hatoum. — 1ª ed. — São Paulo :
Companhia de Bolso, 2022.

 ISBN 978-65-5425-000-9

 1. Ficção brasileira. I. Título.

22-118079                                         CDD-B869.3

Índice para catálogo sistemático:
1. Ficção : Literatura brasileira B869.3

Cibele Maria Dias – Bibliotecária – CRB-8/9427

2022

Todos os direitos desta edição reservados à
EDITORA SCHWARCZ S.A.
Rua Bandeira Paulista, 702, cj. 32
04532-002 — São Paulo — SP
Telefone: (11) 3707-3500
www.companhiadasletras.com.br
www.blogdacompanhia.com.br

*Para minha mãe*

Dizes: *"Vou para outra terra, vou para outro mar.*
*Encontrarei uma cidade melhor do que esta.*
*Todo o meu esforço é uma condenação escrita,*
*E meu coração, como o de um morto, está enterrado.*
*Até quando minha alma vai permanecer neste marasmo?*
*Para onde olho, qualquer lugar que meu olhar alcança,*
*Só vejo minha vida em negras ruínas*
*Onde passei tantos anos, e os destruí e desperdicei".*

*Não encontrarás novas terras, nem outros mares.*
*A cidade irá contigo. Andarás sem rumo*
*Pelas mesmas ruas. Vais envelhecer no mesmo bairro,*
*Teu cabelo vai embranquecer nas mesmas casas.*
*Sempre chegarás a esta cidade. Não esperes ir a outro lugar,*
*Não há barco nem caminho para ti.*
*Como dissipaste tua vida aqui*
*Neste pequeno lugar, arruinaste-a na Terra inteira.*
"A cidade", 1910
KONSTANTINOS KAVÁFIS

# ÓRFÃOS DO ELDORADO

A VOZ DA MULHER ATRAIU TANTA GENTE, que fugi da casa do meu professor e fui para a beira do Amazonas. Uma índia, uma das tapuias da cidade, falava e apontava o rio. Não lembro o desenho da pintura no rosto dela; a cor dos traços, sim: vermelha, sumo de urucum. Na tarde úmida, um arco--íris parecia uma serpente abraçando o céu e a água.

Florita foi atrás de mim e começou a traduzir o que a mulher falava em língua indígena; traduzia umas frases e ficava em silêncio, desconfiada. Duvidava das palavras que traduzia. Ou da voz. Dizia que tinha se afastado do marido porque ele vivia caçando e andando por aí, deixando-a sozinha na Aldeia. Até o dia em que foi atraída por um ser encantado. Agora ia morar com o amante, lá no fundo das águas. Queria viver num mundo melhor, sem tanto sofrimento, desgraça. Falava sem olhar os carregadores da rampa do Mercado, os pescadores e as meninas do colégio do Carmo. Lembro que elas choraram e saíram correndo, e só muito tempo depois eu entendi por quê.

De repente a tapuia parou de falar e entrou na água. Os curiosos ficaram parados, num encantamento. E todos viram como ela nadava com calma, na direção da ilha das Ciganas. O corpo foi sumindo no rio iluminado, aí alguém gritou: A doida vai se afogar. Os barqueiros navegaram até a ilha, mas não encontraram a mulher. Desapareceu. Nunca mais voltou.

Florita traduzia as histórias que eu ouvia quando brincava com os indiozinhos da Aldeia, lá no fim da cidade. Lendas estranhas. Olha só: a história do homem da piroca comprida, tão comprida que atravessava o rio Amazonas, varava a ilha do Espírito Santo e fisgava uma moça lá no Espelho da Lua. Depois a piroca se enroscava no pescoço do homem, e, enquanto ele se contorcia, estrangulado, a moça perguntava, rindo: Cadê a piroca esticada?

Lembro também da história de uma mulher que foi seduzida por uma anta-macho. O marido dela matou a anta, cortou e pendurou o pênis do animal na porta da maloca. Aí a mulher cobriu o pênis com barro até ficar seco e duro; depois dizia palavras carinhosas para o bichinho e brincava com ele. Então o marido esfregou muita pimenta no pau de barro e se escondeu para ver a mulher lamber o bicho e sentar em cima dele. Diz que ela pulava e gritava de tanta dor, e que a língua e o corpo queimavam que nem fogo. Aí o jeito foi mergulhar no rio e virar um sapo. E o marido foi morar na beira da água, triste e arrependido, pedindo que a mulher voltasse para ele.

Lendas que eu e Florita ouvíamos dos avós das crianças da Aldeia. Falavam em língua geral, e depois Florita repetia as histórias em casa, nas noites de solidão da infância.

Uma história estranha me assustou: a da cabeça cortada. A mulher dividida. O corpo dela sempre vai atrás de comida em outras aldeias, e a cabeça sai voando e se gruda no ombro do marido. O homem e a cabeça ficam juntos o dia todo. Aí, de noitinha, quando um pássaro canta e surge a primeira estrela no céu, o corpo da mulher volta e se gruda na cabeça. Mas, uma noite, outro homem rouba metade do corpo. O marido não quer viver apenas com a cabeça da mulher, ele a deseja inteira. Passa a vida procurando o corpo, dormindo e acordando com a cabeça da mulher grudada no ombro. Cabeça silenciosa, mas viva: podia sentir o mundo com os olhos, e os olhos não secavam, percebiam tudo. Cabeça com coração.

Eu tinha uns nove ou dez anos, nunca mais esqueci. Alguém ainda ouve essas vozes? Fiquei cismado, porque há um momento em que as histórias fazem parte da nossa vida. Uma das cabeças me arruinou. A outra feriu meu coração e minha alma, me deixou sozinho na beira desse rio, sofrendo, à espera de um milagre. Duas mulheres. Mas a história de uma mulher não é a história de um homem? Até a Primeira Guerra, quem não tinha ouvido falar de Arminto Cordovil? Muita gente conhecia meu nome, todo mundo tinha ouvido falar da riqueza e da fama do meu pai, Amando, filho de Edílio.

Estás vendo aquele menino pedalando um triciclo? Um picolezeiro. Assobiando, o sonso. Vai se aproximar de mansinho da sombra do jatobá. Antes, eu podia comprar a caixa de picolés e até o triciclo. Agora ele sabe que eu não posso comprar nada. Aí, só de pirraça, vai me encarar com olhos de coruja. Depois dá uns risinhos, sai pedalando, e lá perto da igreja do Carmo ele grita: Arminto Cordovil é doido. Só porque passo a tarde de frente para o rio. Quando olho o Amazonas, a memória dispara, uma voz sai da minha boca, e só paro de falar na hora que a ave graúda canta. Macucauá vai aparecer mais tarde, penas cinzentas, cor do céu quando escurece. Canta, dando adeus à claridade. Aí fico calado, e deixo a noite entrar na vida.

Nossa vida não se cansa de dar voltas. Eu não morava nesta tapera feia. O palácio branco dos Cordovil é que era uma casa de verdade. Quando decidi viver com a minha amada no palácio, ela sumiu deste mundo. Diziam que morava numa cidade encantada, mas eu não acreditava. Além disso, eu andava enrascado, liso que nem pau de sebo. Sem amor e sem dinheiro, e ainda corria o risco de perder o palácio branco. E não tinha a obstinação do meu pai. Nem a esperteza. Amando Cordovil seria capaz de devorar o mundo. Era um destemido: homem que ria da morte. E olha só: a fortuna cai nas tuas mãos, e uma ventania varre tudo. Joguei fora a fortuna com a voracidade de um prazer cego. Quis apagar o passado, a fama do meu avô Edílio. Não conheci esse Cordovil. Diziam que ele ignorava o cansaço e a preguiça, e trabalhava que nem um cavalo no calor úmido desta terra. Em 1840, no fim da guerra dos Cabanos, plantou cacau na fazenda Boa Vida, a propriedade na margem direita do Uaicurapá, a poucas horas de lancha daqui. Mas morreu antes de realizar um sonho antigo: a construção do palácio branco nesta cidade. Amando inaugurou a casa quando casou com minha mãe. E passou a sonhar com rotas ambiciosas para os seus cargueiros. Um dia vou concorrer com a Booth Line e o Lloyd Brasileiro, dizia meu pai. Vou transportar borracha e castanha para o Havre, Liverpool e Nova York. Foi mais um brasileiro que morreu com a expectativa de grandeza. No fim, eu soube de outras coisas, mas não adianta antecipar. Conto o que a memória alcança, com paciência.

Devia ter uns vinte anos quando Amando me levou para Manaus. Meu pai calou durante toda a viagem; só no desembarque é que disse duas frases: Vais morar na pensão Saturno. E tu sabes por quê.

Era um sobrado pequeno e antigo na rua da Instalação da Província. Morei num dos quartos do térreo, e usava o banheiro ao lado do porão, onde dormiam uns rapazes que haviam fugido do Instituto de Jovens Artífices. Faziam bis-

*14*

cates, trabalhavam em padarias e na cervejaria Alemã; um deles, o Juvêncio, sem emprego nem estudo, andava com uma peixeira, ninguém fazia graça com ele. Quando meu pai estava no escritório, Florita escapava até a pensão para conversar comigo e lavar minha roupa. Ela não gostava de Juvêncio, tinha medo de ser esfaqueada. E detestava o meu quarto da Saturno. Dizia: Com essa janelinha de cadeia, tu vais é morrer sufocado. Florita estava acostumada ao conforto da chácara em Manaus e do palácio branco em Vila Bela. Eu perguntava sobre Amando, mas ela não me contava tudo. Não disse nada sobre o novo cargueiro da empresa. Li no jornal que a embarcação já estava no Manaus Harbour. Um barco a vapor com rodas nas laterais, fabricado no estaleiro alemão Holtz. Um cargueiro de verdade, os outros dois eram batelões, barcaças. Fiquei orgulhoso, e mostrei o jornal para Florita.

Eu ia preparar um jantar, ela disse. Teu pai não quis. Anda preocupado com o pagamento do barco. Ou com outra coisa.

Florita queria que eu morasse com ela e Amando. Nós três na casa da chácara em Manaus. Eu também queria, e ela sabia disso. Aqui em Vila Bela diziam a Florita que meu pai era feliz ao lado de minha mãe. Quando ela morreu, Amando não sabia o que fazer comigo. Até hoje recordo as palavras que me destruíram: Tua mãe te pariu e morreu. Florita ouviu a frase, me abraçou e me levou para o quarto.

Uma tapuia me amamentou. Leite de índia, ou suco leitoso do tronco de amapá. Não me lembro do rosto dessa ama, de nenhum. Tempo de escuridão, sem memória. Até o dia em que Amando entrou no meu quarto com uma moça e disse: Ela vai cuidar de ti. Florita nunca mais arredou o pé de

*15*

perto de mim, por isso sentia falta dela quando morava na Saturno.

Em Manaus eu não fazia nada, apenas lia na sala das refeições, depois cochilava no calor da tarde, acordava suado, pensando no meu pai. Eu esperava alguma coisa, sem saber o quê. Minha maior dúvida naquela época era saber se o silêncio hostil que nos separava era culpa minha ou dele. Eu ainda era jovem, acreditava que o castigo por ter abusado de Florita era merecido; por isso, devia suportar o peso dessa culpa. Ia ao bairro dos Ingleses e rondava a chácara com a esperança de falar com o meu pai ou de ser visto por ele. Observava as janelas da sala e imaginava Amando com o olhar apaixonado no retrato de minha mãe. Não tinha coragem de bater à porta e seguia pela calçada arborizada, olhando os bangalôs e chalés com jardins imensos. Uma vez, à noite, vi um homem muito parecido com Amando no Boulevard Amazonas. O mesmo jeito de andar, a mesma altura, os braços caídos, mãos fechadas. Caminhava ao lado de uma mulher, e pararam em frente ao reservatório da Castelhana. Duvidei se o homem era meu pai quando as mãos dele alisaram a cabeça da mulher. Quando me lembro, penso na lenda da cabeça cortada. O homem escapou que nem rato: correu para uma rua escura, puxando a moça pelos braços. No dia seguinte fui à chácara. Queria saber se era ele mesmo que estava com uma mulher na calçada da Castelhana. Não me deixou entrar nem falar. Na porta, disse:

O que fizeste com Florita é obra de um animal.

Fechou devagar a porta, como se quisesse desaparecer aos poucos, e para sempre.

Ele passava a maior parte do tempo em Manaus. Ia de bonde ao escritório e trabalhava até quando estava dormindo, como ele mesmo dizia. Mas vinha com frequência para cá. Meu pai gostava de Vila Bela, tinha um apego doentio pela terra natal. Antes de morar na Saturno, fui duas ou três vezes de férias para Manaus. Não queria voltar para Vila Bela. Era uma viagem no tempo, um século de atraso. Manaus tinha tudo: luz elétrica, telefone, jornais, cinemas, teatros, ópera. Amando só dava o trocado para o bonde. Florita me levava ao porto flutuante e ao aviário da praça da Matriz, depois andávamos pela cidade, víamos os cartazes dos filmes do Alcazar e do Polytheama, e voltávamos para a chácara no fim da tarde. Eu esperava Amando na banqueta do piano. Uma espera angustiada. Queria que ele me abraçasse ou conversasse comigo, queria ao menos um olhar, mas ouvia sempre a mesma pergunta: Passearam? Aí ele se aproximava da parede e beijava a fotografia de minha mãe.

Quando eu já me considerava condenado para sempre, culpado pela morte de minha mãe, o advogado Estiliano apareceu na rua da Instalação para conversarmos.

Lembrou que eu não podia mofar numa pensão de pés-rapados. Ele sabia que era uma decisão de Amando, uma punição contra o filho lascivo. Por que eu não estudava para entrar na faculdade de direito? Meu pai seria outro.

Estiliano era o único amigo de Amando. "Meu querido Stelios", assim meu pai o chamava. Essa amizade antiga havia começado nos lugares que eles evocavam em voz alta como se ambos ainda fossem jovens: as praias do Uaicurapá e do Varre Vento, o lago Macuricanã, onde pescaram juntos pela última vez, antes de Estiliano viajar para o Recife e voltar advogado, e de Amando casar com minha mãe. A separação de cinco anos não esfriou a amizade. Os dois sempre se encontravam em Manaus e Vila Bela; eles se olhavam com ad-

*17*

miração, como se estivessem diante de um espelho; e, juntos, davam a impressão de que um confiava mais no outro do que em si próprio.

Via o advogado com o mesmo paletó branco, a mesma calça de suspensórios, e um emblema da Justiça na lapela. A voz rouca e grave de Estiliano intimidava quem quer que fosse; era alto e robusto demais para ser discreto, e tomava boas garrafas de tinto a qualquer hora do dia ou da noite. Quando bebia muito, falava das livrarias de Paris como se estivesse lá, mas nunca tinha ido à França. Vinho e literatura, os prazeres de Estiliano; não sei onde ele metia ou escondia o desejo carnal. Sei que traduzia poetas gregos e franceses. E cuidava dos assuntos jurídicos da empresa. Amando, um homem austero, fechava os olhos e tapava os ouvidos quando o amigo recitava poemas no restaurante Avenida ou no bar do largo do Liceu. Depois de Florita, Estiliano foi a pessoa mais próxima de mim. E isso até o último dia.

Meu pai seria outro. Muito bem. Passei dois anos estudando na Biblioteca Municipal; à noite, no meu quarto, lia os livros emprestados por Estiliano. Os rapazes do porão riam. O doutor da Saturno. O homem da justiça. Juvêncio não ria. Era esquivo e sisudo, rapaz de poucas frases. Fui embora da pensão quando entrei na Universidade Livre de Manaus. E na mesma semana Juvêncio também saiu da Saturno. Ele foi morar na calçada do High Life Bar, e eu, no alto da mercearia Cosmopolita, na rua Marquês de Santa Cruz. Era um quarto espaçoso, com uma janela que dava para os edifícios da alfândega e da guardamoria. Na Cosmopolita conheci a cidade. O coração e os olhos de Manaus estão nos portos e na beira do Negro. A grande área portuária fervilhava de comerciantes, peixeiros, carvoeiros, carregadores, marreteiros. Arranjei um serviço no empório de um português, estudava de manhã, almoçava no mercado, e passava a tarde carregando caixas e atendendo fregueses. Mesmo com um ordenado miúdo, avisei a Estiliano que estava pagando o aluguel do quarto.

Amando fazia questão de pagar, disse Estiliano. Ele sofre com a separação de vocês. É um homem orgulhoso demais para estender a mão para o filho.

Eu ia passar na chácara para estender a mão ao orgulhoso, mas o acaso fez o encontro. Uma tarde tive que ir ao cais da Escadaria para carregar umas caixas para o empório. Amando estava lá, com o gerente da empresa. Esse gerente imitava tudo do meu pai, até o jeito de andar. Não bebia porque o patrão era abstêmio, e comprava roupa na Mandarim, a loja preferida de Amando. Mas o que me irritava mesmo era o olhar dele. Rosto com olhos de vidro. O sujeito nunca me encarava. E o que no meu pai era verdadeiro, no gerente era quase cômico. Mostrei os documentos do frete ao guarda-mor. Estava a poucos metros de Amando Cordovil, esperei uma palavra, ele olhou meu avental e não falou comigo: caminhou até o quiosque do Mercado, o gerente atrás que nem um cachorro. Dois dias depois o dono do empório avisou que um sobrinho ia trabalhar com ele. Não precisava mais de mim.

Nunca tive certeza se fui demitido a mando do meu pai, mas ainda tinha esperança de conversar com ele. Disse ao dono da Cosmopolita que estava sem serviço, ia atrasar o pagamento do aluguel. Como ele tinha amigos no Roadway, comecei a trabalhar no embarque e desembarque dos passageiros. Passava o dia todo no porto, sem tempo para estudar. Não recebia salário, apenas gorjetas. E ganhava roupa, chapéus e livros usados. Conheci o comandante do *Atahualpa*, do *Re Umberto*, do *Anselm*, do *Rio Amazonas*. Fiz amizade com Wolf Nickels, do *La Plata*. Esses comandantes trabalhavam na Lamport & Holt, na Ligure Brasiliana, no Lloyd Brasileiro, na Booth Line e na Hamburgo-América do Sul. Às vezes eu acompanhava passageiros estrangeiros a um passeio de canoa nos lagos próximos de Manaus; andava com eles pelo centro da cidade, eram loucos para conhecer o teatro Amazonas, não entendiam como podia existir um colosso de arquitetura na selva.

Vi o cargueiro alemão uma única vez, de madrugada, depois de uma noitada num cabaré barato da rua da Independência. Sentei no cais flutuante e li a palavra branca pintada na proa: *Eldorado*. Quanta cobiça e ilusão. De olho no cargueiro, lembrei que Amando detestava ver o filho com as crianças da Aldeia. Flechávamos peixinhos, subíamos nas árvores, tomávamos banho no rio e corríamos na praia. Quando ele aparecia no alto da Escada dos Pescadores, eu voltava para o palácio branco. Lembrei também do desprezo e do silêncio. Isso doía mais que as histórias que ele me contava na fazenda Boa Vida.

Naquela época as lembranças apareciam devagar, que nem gotas de suor. Eu me esforçava para esquecer, mas não conseguia. E, mesmo sem saber, desejava me aproximar do meu pai. Hoje, as lembranças chegam com força. E são mais nítidas.

Já me acostumava com o trabalho no Roadway. Conversava com jovens que iam estudar no Recife, em Salvador e no Rio de Janeiro. Outros iam para a Europa. Chegava gente de muitos países e de todos os cantos do Brasil. O problema eram os pobres, o governo não sabia o que fazer com eles. As praças amanheciam com famílias que dormiam sobre jornais velhos, e eu podia ler notícias sobre meu pai nessas folhas amassadas e sujas; a notícia mais importante era a concorrência de uma linha de carga de Manaus para Liverpool. Se Amando ganhasse, conseguiria ajuda do governo para comprar mais um cargueiro. Estiliano confirmou, e disse que meu pai ia precisar de mim. Queria que eu conversasse com Amando em Vila Bela.

Perguntei por que não nos reuníamos em Manaus.

Em Vila Bela teu pai está longe dos problemas. É a casa dele.

Florita nunca mais me visitou, eu disse.

Implicância do meu amigo. Ciúme. Mas tudo isso vai acabar.

Não sabia se Amando já havia acertado alguma coisa com Estiliano. Eu não era mais tão jovem, mas me faltava lucidez ou malícia para desconfiar de uma armadilha de pai para caçar o filho. O que fiz foi me atirar à vida noturna na vizinhança do porto. Com a roupa que ganhava dos passageiros, não era difícil conquistar mulheres dos cabarés famosos. Bebia de graça a bordo do *La Plata* e trabalhava como carregador e guia turístico. No mercado Adolpho Lisboa a exibição de Zé Braseiro atraía e horrorizava os turistas. Era um rapaz que só tinha braços e mãos, as pernas eram dois fiapos de carne. Andava numa carrocinha empurrada por um ajudante. Aos sábados, esse ajudante armava um trapézio no galpão da peixaria. Zé Braseiro subia por uma corda, girava no trapézio, dava um show nas alturas e era aplaudido. Os turistas choravam de tanta pena, e deixavam dinheiro na carrocinha. Às vezes ele repetia o show na praça São Sebastião, em frente ao teatro Amazonas.

Eu teria vivido muito tempo assim, mas o encontro com Amando mudou minha vida. Antes disso, alguma coisa perturbou a cidade. O movimento portuário diminuiu. Não era a guerra na Europa, a Primeira Guerra. Ainda não. Eu via as pessoas irritadas, revoltadas. Tudo parecia absurdo e violento. Em pouco tempo o humor de Manaus se alterou. Li nos jornais um desabafo do meu pai: reclamava dos impostos absurdos, do valor das taxas alfandegárias, do péssimo funcionamento do porto, da balbúrdia na nossa política.

Não é só por isso que ele está com raiva, disse Estiliano. Amando soube que abandonaste os estudos e andas por aí, dormindo nos bordéis da cidade.

Como ele soube?

Ele sabe tudo. Vai conversar sobre esse assunto no nosso encontro.

Não é tarde demais para qualquer acordo com ele?

É a oportunidade da tua vida. Ele está envelhecendo, e tu és o único filho. Deves desembarcar em Vila Bela antes do Natal.

No começo de dezembro fui à chácara para ver Florita. Um vizinho informou que ela e meu pai tinham viajado para Vila Bela. Entrei no jardim, espiei a sala pelas frestas da janela, não vi o retrato de minha mãe na parede, mas o piano preto estava no mesmo lugar.

Enquanto observava a sala, lembrei de um recital da pianista Tarazibula Boanerges, quando Amando Cordovil festejou na chácara a compra do segundo batelão da empresa. Eu tinha uns dezesseis anos. Durante o jantar, Amando abraçou um jovem convidado e disse: Tens vocação política, deves ser candidato a prefeito de Vila Bela.

O jovem, Leontino Byron, quis saber por qual partido.

Isso é o de menos, respondeu meu pai. O que importa é ganhar.

Foi uma das poucas vezes que vi Amando entusiasmado, e até fiquei contente quando ele me apresentou aos convidados daquele jantar. Um deles, diretor da Manaus Tramway, quis que eu conhecesse sua filha. Apontou uma mocinha ao lado do piano. Ela sorria para o teclado: boa dentadura, belos olhos e feições, boa e bela em tudo, só que pálida demais, a pele da cor do papel. Eu ainda observava a brancura quase transparente quando Amando disse ao amigo:

Não vale a pena. Meu filho é louco pelas indiazinhas.

Voltou a falar do batelão e dos fretes. Lembro que saí da sala e fui com Florita até o quintal. Disse a ela que não queria morar com Amando, nem no palácio branco nem na chácara de Manaus.

Depois que tua mãe morreu, seu Amando não gostou de mais ninguém, só dos malditos cargueiros.

Ela me beijou na boca, o primeiro beijo, e pediu que eu tivesse paciência. Louco pelas indiazinhas. Repeti essas palavras com o gosto do beijo de Florita.

Com essas lembranças me afastei da casa fechada, e então decidi que ia largar o trabalho e viajar para Vila Bela. Disse ao dono da Cosmopolita que não ia mais alugar o quarto.

O serviço no Roadway não era mesmo para um Cordovil. Os cargueiros do teu pai têm futuro.

Tive a impressão de que todos conheciam meus passos, e fiquei surpreso quando o dono da mercearia me entregou uma passagem para Vila Bela no *La Plata* e um bilhete datilografado: *Reunião na casa do advogado Stelios às 17 horas do dia 24 de dezembro. AC.* Amando havia calculado tudo: a data do embarque, o navio, a hora e o lugar do encontro. Anos depois desconfiei da autoria do bilhete. Podia ter sido escrito por Estiliano. Mas o fato é que viajei com a expectativa de conversar com meu pai. Desembarquei em Vila Bela às duas horas da tarde de 24 de dezembro e, quando avistei o palácio branco, senti a emoção e o peso de quem volta para casa. Aqui eu era outro. Quer dizer, eu mesmo: Arminto, filho de Amando Cordovil, neto de Edílio Cordovil, filhos de Vila Bela e deste rio Amazonas.

Soube que meu pai não estava em casa porque Florita, só de camisola, me deu um abraço espremido, demorado. Senti as mãos fortes passeando nas minhas costas, abaixei a cabeça e cochichei: Os caseiros têm faro de cachorro. Olha só no que deu nossa tarde de brincadeira.

Ela afrouxou as mãos e me olhou com um sorriso sem culpa: Não queres mais? Foi só aquela tarde?

Aquela tarde seria motivo de ciúme para uma vida inteira. Perguntei se ela sabia que eu vinha.

Tu e teu pai não conseguem viver longe daqui, respondeu.

Disse isso e foi preparar meu banho. Notei que a rede de Amando estava armada no mesmo lugar da sala. Meu quarto, arrumado, com o mosquiteiro estendido sobre a cama, como se eu não tivesse saído de casa. No quintal, falei com o caseiro e a mulher dele. Almerindo e Talita foram morar nos fundos do palácio branco quando Amando abandonou a fazenda Boa Vida para se dedicar aos cargueiros. Florita, por birra ou ciúme, tratava os caseiros como se fossem estranhos. Não haviam perdido o hábito subserviente que tinham de me chamar de doutor desde a época em que eu era menino. Almerindo fazia reparos na casa, caiava a fachada depois das chuvas do inverno. Talita cuidava do quintal e limpava a cabeça de pedra no centro da fonte. A cabeça de minha mãe, que Amando mandara esculpir quando ela morreu. Desde pequeno, eu costumava olhar o rosto jovem, os olhos de pedra, cinzentos, que pareciam me interrogar. Estava ajoelhado diante da cabeça quando senti o cheiro de essências da perfumaria Bonplant. Florita me avisou que a banheira estava cheia. Depois do banho ela serviu o almoço: feijão com jerimum e maxixe, peixe na brasa e farofa com ovos de tartaruga.

Teu pai se fartou de tanto comer. Nem fez a sesta.

Onde ele está?

No colégio das carmelitas. Foi ver a diretora. Depois ia passar na casa do doutor Estiliano.

Nosso encontro é às cinco horas, eu disse, sabendo que Florita já sabia. Mas antes quero ver o velho.

Cuidado pra não azedar o Natal, advertiu.

Está de bom humor?

Em Vila Bela ele só falta abraçar a lua.

Fui até a Ribanceira e esperei na sombra da cuiarana. Vila Bela se escondia do sol forte. Tudo parado no calor da tarde. Lembro do barulho de um barco, ruídos de um rio que nunca dorme. O jardineiro do colégio abriu o portão, e o homem alto e forte apareceu. Paletó e calça escuros. Ele não usava chapéu. Pensei que seria o momento certo para antecipar nossa conversa. Entre nós dois havia a sombra de minha mãe: o sofrimento que ele suportava desde a morte dela. Para Amando, eu era o algoz de uma história de amor. Tive medo do confronto, e hesitei. Ele andou com passos rápidos, as mãos fechadas como se os dedos tivessem sido amputados, o olhar em algum ponto na sua frente. O cabelo bem penteado parecia uma armadura. Meu pai caminhava para o palácio branco. Quando saí da sombra, ele ergueu a cabeça para o sino da torre, virou o corpo e tomou a direção da rua do Matadouro. Acho que havia decidido ir logo à casa de Estiliano. No fim da praça, parou, e as mãos cruzadas agarraram o ombro, como se ele abraçasse o próprio corpo. Dobrou as pernas lentamente e ficou de joelhos. A cabeça brilhava no canto da praça. O homem ia cair de boca, mas ele se contorceu, arriou de costas. Gritei o nome dele e corri. Deitado, ele me olhava, o rosto engelhado de dor. Fiquei atrapalhado, massageando seu peito. Depois, o único abraço, no pai morto. O homem que eu mais temia estava nos meus braços. Quieto. Eu não tinha força para carregá-lo sozinho. Em pouco tempo a cidade despertou, e os curiosos cercaram o corpo. Alguém deu uma notícia inútil: o único médico de Vila Bela fora para Nhamundá. Florita chegou tão desesperada que me empurrou aos gritos e chorou de joelhos. Estiliano apareceu uns minutos depois. Os curiosos se afastaram, o homem grande se debruçou sobre Amando, beijou seu rosto e com um gesto delicado fechou os olhos dele.

Eu tinha passado uns quatro ou cinco anos sem pisar em Vila Bela, e, desde o momento em que Amando foi velado na igreja do Carmo, percebi como ele era querido. Isso me deixou confuso, porque os elogios ao finado contrariavam a imagem do pai vivo. Eu sabia que ele gostava de dar esmolas, um vício que herdei e mantive por muito tempo. E lembrava como fora caridoso nos festejos da Virgem do Carmo. Depois de sua morte, eu soube que ele havia sido um verdadeiro filantropo. Dava roupa e comida ao orfanato das carmelitas, ajudara a construir o palácio episcopal e a restaurar a cadeia pública. Até pagou o ordenado dos carcereiros, um favor que fez ao governo e aos moradores. Durante o enterro, Ulisses Tupi e Joaquim Roso, práticos de confiança de Amando, me deram os pêsames. E também um barqueiro esquisito, o Denísio Cão, da ilha das Onças. Nem Amando ia com os cornos dele. Denísio se ajoelhou e fez o sinal da cruz, o rosto acavalado e triste. As órfãs do Sagrado Coração de Jesus também estavam no cemitério, todas juntas, com o mesmo traje: saia marrom e blusa branca. Meninas. Uma delas tinha jeito de moça crescida. Parecia uma mulher de duas idades. Usava um vestido branco e olhava para o alto, como se não estivesse ali, como se não estivesse em lugar nenhum. De repente o olhar me encontrou e o rosto anguloso sorriu. Eu não conhecia a moça. Olhei tanto que a diretora do colégio do Carmo se aproximou de mim. Madre Joana Caminal veio sozinha, me deu os pêsames e disse secamente: O senhor Amando Cordovil era o homem mais generoso desta cidade. Vamos rezar por sua alma.

E foi embora, a moça e as outras órfãs atrás dela.

O quarto onde ele dormia no palácio branco permaneceu do mesmo jeito. Só mudei o lugar da rede na sala. Durante a sesta, o corpo de Amando barrava a passagem para as janelas. Encurtei os cabos e aproximei a rede da janela do meio. Assim podia ver a rampa do Mercado e o rio, podia sentir a vida que vinha das águas.

Florita reagiu com muita tristeza à morte do patrão. Usava roupa branca em vez de luto fechado e não deixou de cozinhar os pratos preferidos do meu pai. Por distração ou hábito, às vezes ela arrumava no centro da mesa o prato e os talheres de Amando; eu comia sozinho, e não olhava o lugar vazio.

No começo do ano, viajei com Estiliano para Manaus. Ele me entregou uma caixa da loja Mandarim com a papelada que Amando guardava na chácara. Quando Estiliano abriu o inventário, soube que meu pai era proprietário de uma área no bairro de Flores, vizinha ao hospício. Ele deixou para o amigo um bom pecúlio e uma casa na beira da lagoa da Francesa. Estiliano, um pouco constrangido, disse que o pecúlio seria o vinho para a velhice. E a casa, o abrigo dele em Vila Bela.

Essa generosidade de Amando com o querido Stelios não me irritou. Pedi ao advogado que fosse meu representante na empresa; depois pedi dinheiro para viver, e mencionei o valor da retirada mensal. Estiliano falou de um empréstimo bancário para pagar o estaleiro Holtz: como eu podia pedir tanto dinheiro? Não ia permitir.

Contrata outro advogado, ele disse, com firmeza. Há muitos em Manaus.

Mas só um Stelios, eu disse.

Chegamos a um acordo sobre a retirada. E ele mesmo sugeriu que o dinheiro fosse enviado pelo malote postal do Lloyd. Quando insisti para que dirigisse a empresa, recusou: dali a alguns anos ia morar em Vila Bela. Eu era o herdeiro, devia ficar à frente...

Não tenho experiência nem vontade, interrompi.

Amando confiava no gerente. Podes morar em Vila Bela e passar uns dias em Manaus. E cuidar da fazenda Boa Vida.

Vim morar aqui, mas não aguentava dois meses sem ir para Manaus. Passava no escritório, via a papelada sobre a escrivaninha, e me enervava com problemas de todo tipo: peças de máquina, demissão ou admissão de empregados, carga extraviada, taxas alfandegárias, impostos. O gerente respondia às minhas dúvidas com poucas palavras, ou com um silêncio altivo. Fui o patrão antes do tempo, e isso o surpreendeu. Quando ele me acuava para tomar uma decisão, eu pedia ajuda a Estiliano. O advogado sentava na cadeira do meu pai, lia os documentos que eu devia assinar, interferia no preço do frete. Com uma voz de cachorro rouco, lamentava: Se Amando estivesse aqui... Às vezes me criticava porque eu era ríspido com o gerente. Não podia adivinhar o pensamento dele, nem tinha a serenidade de Estiliano para suportar o olhar frio que procurava o retrato do meu pai na parede do escritório. Por que olhava tanto para o patrão morto? Em Vila Bela, eu só me lembrava do gerente e da empresa quando via o *Eldorado* a uns cem metros do palácio branco, e então pensava que a minha vida dependia daquele cargueiro navegando no Amazonas. Esqueci o barco no dia em que meu olhar encontrou a moça do enterro de Amando. A mulher de duas idades. Dinaura. Não lembrava com nitidez do rosto; dos olhos, sim, do olhar. Rever o que foi apagado pela memória é uma felicidade. Tudo voltou: o sorriso, o olhar vivo no rosto anguloso, olhos mais puxados que os meus. Uma índia? Procurei a origem, nunca encontrei. Encontrei outra coisa, que só depende do acaso, de um único momento da vida. E percebi que era tarde demais para desfazer o destino.

Quando Estiliano me ouviu falar de Dinaura, desdenhou: Essa é boa, um Cordovil embeiçado por uma mulher que veio do mato. E Florita, sem conhecer a órfã, disse que o olhar dela era só feitiço: parecia uma dessas loucas que sonham em viver no fundo do rio.

O olhar de Dinaura era o que mais me atraía. Às vezes um olhar tem a força do desejo. Depois o desejo cresce, quer penetrar na carne da pessoa amada. Eu queria viver com Dinaura, e adiei essa decisão até o limite da vaidade. Não sei se a minha vida era menos triste que a dela. Era mais fútil. Vazia. Desde que me mudei para cá, esperava ansioso pelos navios que vinham da Europa e subiam o Amazonas; quando um deles atracava em Vila Bela, um funcionário do porto me entregava o cardápio de bordo e me informava sobre os passageiros. O nome dele era Arneu, sujeito fofoqueiro e bajulador, de dar pena. Quando ele dizia que tinha visto moças lindas no convés, eu ia jantar e dançar no salão do navio. Às vezes embarcava para Manaus e me divertia nos bailes do Ideal e do Luso, ia às matinês do Alcazar, do Rio Branco e do Polytheama, e às óperas no teatro Amazonas. Depois passava no Chalet-Jardim para conhecer as cantoras italianas. Uma tarde, quando tomava cerveja no High Life, vi na rua um dos rapazes da pensão. O Juvêncio. E o diabo é que ele me reconheceu e entrou no bar.

O doutor da Saturno, ele disse, oferecendo a mão espalmada.

Ia apertar a mão dele, mas Juvêncio não queria afago nem cortesia, e sim dinheiro. Dei dinheiro, e ele riu mostrando a gengiva sem dentes, e logo voltou para a rua. Anos depois, ainda vi Juvêncio num tumulto próximo do mesmo bar. Ele já era um homem, e o High Life estava falido.

Quando eu voltava para Vila Bela, passava a noite bebendo vinho e lendo libretos de ópera, a última edição do *Pathé--Journal* e jornais velhos. Antes do amanhecer ficava melancólico. Então saía de madrugada pelas ruas de terra desta cidade malcuidada, caminhava até a Escada dos Pescadores, via o vulto de cabeças no vão das janelas, eram velhos insones na escuridão; não sei se riam ou acenavam para mim. Próximo da floresta, via os casebres tristes da Aldeia, ouvia palavras em língua indígena, murmúrios, e, quando voltava pela beira do rio, via barcos pesqueiros atracados na rampa do Mercado, barcos carregados de frutas, um vapor que descia o Amazonas para Belém. Tomava café no bar do Mercado, depois rondava a praça do Sagrado Coração de Jesus, subia na árvore da Ribanceira e pensava em Dinaura até o sol iluminar o dormitório do orfanato. Quando uma carmelita me via sentado num galho da árvore, eu perguntava por Dinaura. A freira não respondia, fazia cara de cruz-credo, eu continuava: Ela vai cair fora do orfanato, vai morar comigo. E depois dava uma risada que assustava a religiosa, uma risada que parecia obscena mas era puro desejo.

Podia ser uma insensatez, não um capricho. Eu vivia entre esse idílio e as viagens para Manaus. O idílio venceu. E a vida mundana morreu com a euforia de uma época. Como tudo muda em pouco tempo. Uns anos antes da morte do meu pai, as pessoas só falavam em crescimento. Manaus, a exportação de borracha, o emprego, o comércio, o turismo, tudo crescia. Até a prostituição. Só Estiliano ficava com um pé atrás. Ele estava certo. Nos bares e restaurantes as notícias dos jornais de Belém e Manaus eram repetidas com alarme: Se não plantarmos sementes de seringueira, vamos desaparecer... Tanta ladroagem na política, e ainda aumentam os impostos.

Em casa, as palavras não eram menos amargas. Um dia Florita entrou no meu quarto para apanhar a roupa suja e disse:

Tive um sonho ruim. Alguma coisa com a tua mulher encantada.

Olhei desconfiado para Florita, e esperei outras palavras sobre o sonho, mas ela saiu em silêncio. Os sonhos e o acaso me levavam para um caminho em que Dinaura sempre aparecia. Lembro de ter visto na beira do rio uma mulher parecida com ela. Muito cedo, manhã sem sol, com neblina espessa. A mulher caminhou na margem, até sumir na neblina. Podia ser Dinaura. Ou invenção do meu olhar. Lembrei da tapuia que foi morar numa cidade encantada, corri até a margem. Ninguém.

Na tarde de um domingo Dinaura passou na frente do palácio branco e sorriu para mim com lábios vorazes. Acompanhava umas meninas do orfanato para a Aldeia, onde hoje é o bairro Cegos do Paraíso. Fui atrás do grupo. Enquanto as meninas brincavam, Dinaura lia um livro à sombra de uma mangueira. Usava um vestido de chitão florido, e só parava de ler para contemplar o rio. No fim da tarde, ela e as meninas desceram o barranco pela Escada dos Pescadores. Atravessei o caminho de terra e sentei no lugar onde ela estivera lendo. Dinaura deixou o livro na areia e entrou sozinha na água. Nadou e deu um mergulho tão demorado que senti falta de ar. Quando ela apareceu nua, com o vestido enrolado no pescoço, senti o corpo tremer de desejo. Tenho certeza de que me viu, porque as meninas apontavam para mim, riam e davam beliscões na bunda e nas coxas de Dinaura. De longe, fiquei lambendo aquele corpo na luz do fim da tarde. Nem lembrei da Escada dos Pescadores: desci correndo o barranco, e, quando me aproximei do rio, Dinaura já estava vestida e andava à frente das meninas. Segui o vestido molhado até a rampa da Ribanceira, atalhei por uma escada de barro e lá em cima parei diante de Dinaura. Disse que queria conversar com ela. Vi os olhos de espanto no rosto fora do mundo, o sorriso nos lábios grandes e molhados; ainda toquei nos ombros dela, antes de vê-la correr para a praça do Sagrado Coração.

No porto de Vila Bela, alguém espalhou que a órfã era uma cobra sucuri que ia me devorar e depois me arrastar para uma cidade no fundo do rio. E que eu devia quebrar o encanto antes de ser transformado numa criatura diabólica. Como Dinaura não falava com ninguém, surgiram rumores de que as pessoas caladas eram enfeitiçadas por Jurupari, deus do Mal.

Num sábado, Joaquim Roso e Ulisses Tupi me convidaram para jogar dominó na pensão de Salomito Benchaya. Denísio Cão, o barqueiro esquisito, se intrometeu no jogo e perdeu uma partida. Homem sem sorte, perdeu todas. O intruso se chateou, detestava perder. E então, sem mais nem menos, disse:

A madre chefona, aquela espanhola, será que é virgem que nem santa? Queria ver, queria ver.

Os jogadores olharam sério para o barqueiro; Joaquim Roso desarrumou as peças do dominó e foi embora. Salomito guardou as peças na caixa: que fossem jogar no bar do Mercado.

Denísio cuspiu para o lado, virou o rosto para mim, rindo: É que hoje cedo transportei um velho e duas vacas para o rio Arari. A religiosa espanhola estava lá. E tua órfã também. As duas plantavam pimenta nas canoas cheias de terra. Quis ajudar, mas a espanhola braba não deixou. Queria ver...

Ulisses Tupi me levou para lá. Era uma freguesia depois da boca do Espírito Santo. Na praia do Arari, Ulisses amarrou o cabo da lancha no tronco de uma árvore. Uma fileira de canoas velhas, apoiadas em forquilhas cravadas na areia. Ninguém na porta das taperas cobertas de palha.

Cadê a moça, a madre?

Paciência, disse Ulisses, apontando uma ave. Era uma cigana no céu branco de tanta luz.

Segui o voo pesado da ave até a mata alagada. Ouvi Ulisses dizer o nome de um pássaro e imitar seu canto. Deitei na proa e fechei os olhos, mareado pelo banzeiro de um barco. Dinaura apareceu no sonho com o mesmo vestido de chitão. Os olhos de feitiço, um pouco rasgados, e escuros, cortados da noite. Comecei a conhecer o rosto de Dinaura, e senti o que não havia sentido nos namoros da juventude. Agarrei os braços dela e, quando puxei o corpo para perto de mim, vi a imagem de madre Caminal e escutei uma zoada.

Acordei com o barulho do motor da lancha. Pensava no sonho, e suava. Levantei e dei uma olhada na praia: as canoas suspensas, as taperas fechadas, o lugar deserto.

Acho que era lorota daquele Denísio Cão, disse Ulisses.

Florita, que escutava as conversas de Vila Bela, me disse que eu era o diabo para as carmelitas: um aproveitador de moças, um solteirão sem uma gota da honra do meu pai. Que me viam desembarcar com marafonas de Manaus na rampa do Mercado e nadar com elas na maior sem-vergonhice, lá na praia da Ponta da Piroca.

Nunca trouxe mulher para Vila Bela. Mas uma mentira repetida não é um arremedo de verdade? Pedi a Estiliano que me ajudasse a convencer madre Caminal de que eu não era o diabo que diziam por aí.

A diretora é responsável pelo zelo moral das órfãs.

E o meu sentimento?

Não seja cínico, Arminto.

Insisti com uma solenidade disfarçada. Disse que ele era advogado, ninguém ficava surdo quando ele falava.

Vi o rosto dele cheio de orgulho. Mas logo a testa se

enrugou, os olhos tensos no meu rosto, como se lessem as páginas de uma tragédia. Pôs as mãos no meu ombro: estava muito preocupado.

Não sei se falava da empresa ou da órfã.

A verdade é que Dinaura enchia meu pensamento. Eu vestia um paletó branco de linho, ia até a Ribanceira e olhava as janelas do orfanato. É, esse mesmo edifício. Uns idiotas riam de mim. Um leso, diziam. A órfã queimou a cabeça dele. Mas, quando Dinaura andava na cidade, os homens iam atrás. Nenhum falava com a mulher. Por quê? Medo. Alguma coisa no seu olhar inibia mais que uma voz ou um gesto. Com medo, eram machos vencidos. Eles se reuniam na taberna dos Viajantes, da família Adel, na perfumaria de Horadour Bonplant e no bar do Mercado para contar conquistas amorosas, sem a menor vergonha de mentir. E, na tarde em que Dinaura me encontrou na praça do Sagrado Coração, todos eles viram. Isso aconteceu depois de várias tentativas. Ela escapava sem dizer palavra. Não sei se escapava: era o silêncio que dava impressão de fuga. Lembro que durante um bom tempo não vi Dinaura nos lugares aonde costumava ir sozinha ou com outras órfãs. Florita foi averiguar na porta do colégio e voltou com um sorriso engasgado, de maldade disfarçada. Disse que só meu pai conseguia falar com madre Caminal, só ele era recebido pela espanhola. Os dois se entendiam.

Esquece aquela moça. Esquece antes de chegar a hora da tristeza.

A hora da tristeza?, perguntei.

Ela não vai ser tua mulher. Nunca vai ser amada quem não é de ninguém.

Florita tinha um jeito curioso de ser ciumenta; e, como

eu me impressionava com o que me dizia, ficava sem fala diante dessa mulher que cuidou de mim como uma mãe. Pensei em Estiliano, o laço mais forte de Amando com a diretora do Carmo. Quando o advogado veio passar o mês de julho em Vila Bela, fui à lagoa da Francesa no meio da tarde e ofereci a ele umas garrafas de vinho. Sentamos na varanda, e, enquanto bebíamos juntos, em silêncio, percebi que ele me censurava com o olhar. Fazia tempo que eu não pisava em Manaus, e eu sabia que a guerra na Europa prejudicava a exportação da borracha. A guerra e as mudas de seringueiras plantadas na Ásia. Era como se ele falasse disso com o olhar, o homem grandalhão bebendo calado e eu adivinhando seu pensamento, a voz rouca que diria: É um absurdo ignorar a empresa que herdaste do teu pai... Rondamos em silêncio o nome de Dinaura, nós dois olhando uma canoa na água escura, lisa e calma como uma lâmina de cobre. Bebi mais uma taça e me encorajei.

Sabes por que vim aqui? A moça que veio do mato. Não é um capricho, Estiliano. Madre Caminal controla a vida das órfãs.

Ele continuou a beber, olhando a canoa parada na água escura.

Não vais dar uma mãozinha ao filho do teu amigo?

Apenas me olhou como um velho olha um jovem: o olhar que pode ser complacente ou altivo. Nada de dor nem compaixão. Pegou a taça de vinho, levantou e entrou na sala. Esperei uns minutos, uma hora, um tempo absurdo, até o céu avermelhar. Olhei para a sala: ele estava sentado diante de um livro aberto, a cabeça curvada sobre uma folha de papel. Copiava palavras do livro. O corpo avantajado enchia a sala, o homem não parava de escrever, copiar. Quando terminou, soprou a folha de papel para secar a tinta e releu em silêncio, tomando vinho. Respirava como um animal cansado depois da caça. Voltou à varanda, me entregou duas folhas de papel e disse com uma voz contrariada: Manda isso para a diretora e escreve um bilhete dizendo que teu sentimento está nesses versos.

Entrou de novo na sala e me deixou sozinho na varanda. Li os versos ali mesmo, na penumbra. Um poema misterioso, copiado de algum livro espanhol.

Florita levou ao colégio do Carmo o poema e o bilhete. Que pode fazer um poema? Para mim, mais que um milagre. Madre Caminal me chamou para uma conversa na sala da diretoria. A simplicidade do ambiente me impressionou. A sala parecia um museu pobre e improvisado. No chão, peças de cerâmica, máscaras de rituais e cacos de urnas funerárias de tribos indígenas que já não existiam. O nome do primeiro carmelita que pregou por aqui estava gravado na parede, entre as pinturas a óleo do rosto de santa Teresa e de são João da Cruz.

Madre Caminal me ofereceu uma cadeira, pegou as duas folhas e leu o poema espanhol com entonação forte. Invejei a voz da mulher. As imagens e o sentimento cresciam com os sons das palavras. Leu todo o poema e, com os olhos no papel, disse:

Caligrafia do advogado Estiliano. Teu pai gostava muito dele, só não gostava mais porque esse grego é agnóstico.

Não é grego, nasceu no Amazonas e estudou no Recife.

Nasceu aqui, mas nunca rezou na nossa igreja.

Então falou da órfã, uma moça trabalhadeira e inteligente. Podia ter sido uma carmelita, serva do Senhor. Ela até ficou animada, mas desistiu. É difícil seguir o raciocínio dessas moças. Um dia querem uma coisa, no dia seguinte já esqueceram tudo. Rezam com devoção e não acreditam em nada. Mas, na nossa vida, Deus escolhe o melhor caminho.

De onde ela veio?

De um lugar qualquer.

Mas não desta ilha.

Madre Caminal me devolveu as folhas de papel:

Leia esse poema de vez em quando, até a velhice. Se a minha órfã quiser, vai te encontrar às cinco horas na praça. E só aos sábados. Nunca se aproxime do dormitório do orfanato, nem entre mais aqui. Não é preciso dar nada para a nossa Ordem. Teu pai deu muito.

Minha história com Dinaura começou naquela semana. Ela queria namorar comigo. Agora sou uma carcaça, mas fui um jovem vistoso. E ainda tinha posses. Isso conta, não é? Era o que eu pensava. Mas a riqueza não foi suficiente. Quer dizer, não serviu para muita coisa. A gente se encontrava aos sábados, não havia folga para outras tardes de amor. Os regulamentos do orfanato eram severos. O toque do sino acordava as meninas às cinco da manhã. Rezavam às seis horas, ao meio-dia e antes de dormir. Depois das orações, a vizinhança ouvia uma religiosa gritar: Louvado seja Nosso Senhor Jesus Cristo; o coro das órfãs respondia: Para sempre. Comiam caladas no refeitório do internato; quando uma órfã queria ir ao banheiro, dava uma pancada na mesa. Às oito da noite tocava o silêncio, e a irmã regente inspecionava o dormitório. Eu pensava que as órfãs só rezavam, costuravam e estudavam, mas elas faziam muito mais: de manhã trabalhavam na horta, espanavam o altar e as estátuas dos santos, e ajudavam a limpar o dormitório e as salas do colégio. No fim da tarde, depois das aulas, iam até a capela para dar graças e rezar com as carmelitas. Soube também que faziam um retiro semanal. Cada órfã ficava sozinha num quarto escuro, rezando o rosário inteiro diante do Coração de Jesus iluminado pela chama de uma vela. Foi um namoro silencioso. Às vezes, eu escutava a voz de Dinaura nos sonhos. Uma voz mansa e um pouco cantada, que falava de um mundo melhor no fundo do rio. De repente ela ficava muda, assombrada com alguma coisa que o sonho não revelava.

Num sábado me surpreendia com um sorriso, e na outra semana com uma tristeza terrível, como se fosse morrer. Triste, ela era mais bonita, o rosto parado, os lábios no lugar. A mais velha do orfanato, e a única com permissão para namorar. No começo foi assim: nós dois sentados no banco da praça, de mãos dadas, como dois amantes daquela época, desta cidade. Nunca revelou quando havia entrado no orfanato. E me acostumei com o silêncio, com a voz que eu só ouvia nos sonhos.

Florita me disse que várias órfãs falavam a língua geral; estudavam o português e eram proibidas de conversar em língua indígena. Vinham de aldeias e povoados dos rios Andirá e Mamuru, do paraná do Ramos, e de outros lugares do Médio Amazonas. Só uma tinha vindo de muito longe, lá do Alto Rio Negro. Duas delas, de Nhamundá, haviam sido raptadas por regatões e depois vendidas a comerciantes de Manaus e gente graúda do governo. Foram conduzidas ao orfanato por ordem de um juiz, amigo da diretora. Em Vila Bela, madre Joana Caminal era conhecida como a Juíza de Deus, porque proibia o escambo de crianças e mulheres por mercadorias, e denunciava os homens que espancavam a esposa e as empregadas. Mas em nenhum sábado ela apareceu na praça para nos vigiar.

Quando o sino das seis da tarde tocava, Dinaura se ajoelhava para a igreja, os olhos fechados e as mãos no peito. Certa vez, depois da reza, ela sentou com vontade no meu colo, e, quando eu ia abraçá-la, deu um solavanco e saiu correndo. Fiquei rígido e duro que nem pau. Em outros sábados, as pessoas que passavam pela praça do Sagrado Coração viam Dinaura se afundar nas minhas pernas. As mulheres mais carolas mandavam recado por Florita: meu pai tinha razão, eu era um aproveitador de índias e de pobretonas. Ao diabo tudo isso. Esperava com ânsia o sábado seguinte, e me rendia ao olhar de um rosto calado.

Num dia de julho, um mendigo da praça entregou um envelope para Florita. Era um bilhete de Dinaura: *Festa da Santa Padroeira. Vamos?* A festa é na noite de 16 de julho e até hoje afogueia a cidade. Vinham romeiros do interior do Amazonas e do Pará. Lembro que meu pai trazia muitos fiéis de Manaus. Dormiam e comiam no barco; à noite, pediam à Virgem proteção para Amando. Eu ouvia as preces, e via os fiéis no convés com uma vela acesa na mão. Parecia um barco em labaredas, uma cobra-grande iluminada na margem do Amazonas. Em julho o homem esbanjava mesmo. Pagava os enfeites da praça, a pintura da igreja do Carmo, dos mosteiros e paróquias, a roupa nova dos leprosos, a capa e o cordão dos devotos à Virgem. Depois da missa ele oferecia uma tartarugada para o povo.

Ainda era menino quando Amando me arrastou duas vezes para a festa. Na segunda, fugi. Ele e o caseiro, Almerindo, me caçaram pela cidade, e só me encontraram de manhã cedo, deitado com Florita na rede do quarto dela. Quando ele entrou, fechei os olhos. Florita levantou e abriu a janela para afrouxar o ódio de Amando. Disse que eu estava com enjoo e desarranjo.

Sai dessa rede, ele ordenou.

Obedeci, sem abrir os olhos. O primeiro tabefe esquentou meu rosto e me jogou de volta para a rede; ele se curvou, deu outro de mão aberta na minha orelha. O estalo chiava como um inseto preso na minha cabeça. Impossível reagir: meu pai era um Cordovil pesado, os dedos grossos nas mãos grandes. Então Florita confessou que tinha mentido. Amando ameaçou expulsá-la de casa, e me forçou a morar um mês com os caseiros, a comer a comida deles, a limpar o quintal. Na primeira noite dormi no porão; quer dizer: não consegui dormir de tanto calor. Nas outras noites deitei numa rede, ao relento. No ano seguinte, Amando me obrigou a ir à festa da Virgem.

Lembrei disso quando li o convite de Dinaura. Eu já era um homem, e Amando Cordovil estava morto.

Na tarde de 16 de julho as órfãs e as internas entraram na praça do Sagrado Coração de Jesus em fila indiana. Ninguém usava uniforme. Vi as filhas de famílias ricas separadas das órfãs, e uma roda de meninas tapuias encolhidas pela timidez e pobreza. Todas gostavam da festa da Padroeira porque era o dia mais livre do ano. Podiam atolar os dentes na comida e nos doces; podiam dançar e cantar até as dez da noite. As mais afoitas escapavam para a beira do rio e se enxeriam para os rapazes de Manaus e Santarém. Diz que três ou quatro órfãs engravidavam na noite de devoção à Virgem, mas eu não quis saber se era verdade. O que eu mais queria era ver Dinaura. Ouvi o coral das internas; depois o Trio Tavares tocou modinhas com cavaquinho, violino e nhapé, um chocalho indígena. Quando anoiteceu, o bispo pediu ao povo que ouvisse em silêncio a penitência de sete órfãs.

A primeira contou que numa noite de chuva ela foi possuída pela Cobra-Grande e ficou tão agitada que toda a ilha começou a tremer, e por isso o rio Amazonas inundou sua casa. Depois ela se ajoelhou e rezou para expulsar da mente essa história profana. Não me lembro das outras penitências, só da última. Os lampiões já iluminavam a praça, e, quando a moça parou de falar, meu corpo estava amolecido por um suadouro. O nome da penitente era Maniva. Magrinha e baixa, diz que veio de muito longe para trabalhar na casa de um vereador e acabou no orfanato. Ela havia estudado nas missões do Alto Rio Negro, por isso falava português. Antes de morar no orfanato de Vila Bela, não parava de sonhar com sangue. Meu sangue era um pesadelo, disse a penitente. Tinha uns doze anos e já era órfã quando viu sangue escorrer de sua vagina e tomou um susto. O primeiro sangue. Sentiu a cabeça latejar, e gritou tanto de dor que seu tio levou a coitada para ser curada por um pajé da aldeia. Maniva foi proibida de entrar na casa, porque o sangue da menstruação era maléfico para os pajés. Sangue sagrado. Proibido. Era enviado pelos espíritos da natureza: os trovões, as águas, os peixes e até o espírito dos mortos. Então o pajé contou que o criador do mundo chupou o rapé-paricá da vagina de sua sobrinha que estava menstruada, dormindo. Uma parte do pó caiu na terra dos povos da Amazônia e se espalhou por toda a floresta, mas só os pajés podem cheirar o pó do cipó e ver o mundo, só eles têm o poder de abrir a visão e depois transformar, criar e curar os seres. A moça ouviu isso: quando o pajé chupa o sangue, o pó, ele morre; quer dizer, a alma dele sai do corpo e viaja para o outro mundo, mais antigo, o começo de tudo. Ele abre os braços para as nuvens, abraça o céu e canta; senta e cheira várias vezes o paricá com o osso da perna de um gavião, e aí traz o outro mundo para o nosso. Quando o pajé olhava as nuvens em movimento, dizia que estava no mundo sagrado e eterno, e assim ele podia agir no mundo humano. Ele via o que eu não via, o que nenhum de nós vê, disse Maniva. Via os ossos do próprio corpo, via a alma viajar para muito longe, até chegar à boca do rio que corre no fundo da terra. Depois ele continuava a subir por uma escada, caminho para o outro céu. O pajé mais antigo mora lá em cima, na última escada. Um céu todo branco e prateado. Um novo mundo. Céu sem doença.

Quando o pajé parou de falar, a cabeça de Maniva não latejava mais. Nunca mais ela sentiu dor. Mas os pesadelos com sangue atormentavam sua vida. E, quando o tio morreu, ela viajou para Manaus, depois veio com um regatão para Vila Bela. Viajando e sonhando com sangue até encontrar madre Caminal e rezar com ela para apagar o pesadelo. Não queria mais recordar as palavras do pajé. Fez o sinal da cruz, se ajoelhou e chorou, sacudindo o corpo; depois estendeu os braços para o céu e gritou o nome de Deus e da Virgem do Carmo. Os romeiros e as órfãs aplaudiram com muita zoada, e eu fiquei pensando na penitente e nos pesadelos com sangue. Maniva, os romeiros, as órfãs, as religiosas, todo mundo estava enlouquecendo? Parecia alucinação, porque, em meio aos vivas à Virgem, senti um cheiro de lavanda, um arrepio no pescoço, e, quando me virei, os lábios de Dinaura tocaram meu rosto. Ela apareceu sem que eu percebesse, e me acariciou com as mãos mornas que me deixaram febril. Senti o corpo de Dinaura e comecei a suar, e ela só se afastou quando três tocadores de tambor e uma dançarina entraram no coreto. Eram músicos do quilombo Silêncio do Matá. A surpresa da noite. Um dos homens acendeu uma tocha e esticou com o calor do fogo o couro de cobra dos tambores. A dançarina disse em voz alta que eles iam fazer uma homenagem à Virgem. Então ela começou a dançar, sozinha, no meio do coreto. Os músicos, quietos. Era bonito ver a dança no silêncio. Uns minutos assim. E, de uma só vez, os sons dos tambores, fortes que nem trovoadas. Dinaura apertava meu braço com a mão suada; a coxa tremia, os pés batiam no chão. De repente me largou, correu até o coreto e começou a dançar. Foi uma gritaria, e não eram gritos de devoção. Ela imitava os movimentos e o ritmo da outra, os ombros ficaram nus, e não olhava para mim, e sim para o céu. Acho que não enxergava nada, ninguém. Cega para o mundo, possuída pela dança. Dançaram juntas como se tivessem ensaiado. No fim se abraçaram, e Dinaura saiu por trás do coreto. Sumiu. Como eu podia entender uma mulher tão volúvel, de alma tão instável? Fui conversar com os músicos e a dançarina, eles não conheciam Dinaura. As órfãs e as internas entraram no colégio, os romeiros voltaram para os barcos e para casa. Fiquei sozinho na praça... A gente quer entender uma pessoa, só encontra silêncio.

Ainda me lembro das tardes de desolação e saudade, dos dias lentos e das noites maldormidas. Os telegramas enviados de Manaus, quatro ou cinco, que eu rasguei com raiva, sem ler, sem nem mesmo abrir. A voz nervosa de Florita perguntando: E se for alguma coisa urgente?, dizendo: Vai ver que o doutor Estiliano quer falar contigo, e catava os pedaços de papel, tentando juntar palavras e dar algum sentido às mensagens. Numa tarde de dezembro, cheguei mais cedo à praça, deitei no banco morno e dormi. Quando as cinco badaladas me despertaram, o rosto de Dinaura surgiu contra o sol. Não tive tempo de perguntar sobre a dança, nem para me erguer: vi os olhos pretos, grandes e assustados. Podia

*44*

ser um sonho? Mas eu não queria sonho, desejava a mulher ali, sem ilusões. Então acariciei com os dedos a boca de Dinaura, senti a respiração inquieta, o tremor e o suor nos lábios abertos que roçavam meu rosto. No prazer do beijo, senti uma dentada feroz. Soltei um grito, mais de susto que de dor. Tentei falar, minha língua sangrava. Na confusão, Dinaura escapou.

No colégio do Carmo, uma das internas disse que eu tinha agarrado Dinaura para beijá-la à força. Na manhã de uma sexta-feira, Florita soube que ela queria viajar para a cidade submersa.

Quem te contou essa doideira?

Iro. O recadeiro que mora na praça.

Fui atrás de Iro, mas Estiliano me alcançou na rampa do Mercado e me levou até o cais. Ele estava no vapor *Atahualpa* e ia passar uns dias em Belém antes de se mudar para Vila Bela. Perguntou se eu não tinha lido os telegramas. E acrescentou: O gerente quer conversar contigo. Não pode mais pagar os empregados, nem enviar teu dinheiro.

A empresa anda mal?

A exportação de borracha despencou.

Desconfiei: Estiliano não tinha dito tudo. Eu estava mais ansioso que ele, e me esforcei para engolir a curiosidade.

Amanhã o *Anselm* vai atracar em Vila Bela e depois sobe até Manaus, ele disse.

Olhei contrariado para Estiliano: Amanhã? Sábado? Não posso.

Essa moça te embriagou, Arminto.

Ainda ouvi a voz rouca insistir que eu devia viajar. Estiliano tinha razão: eu estava embriagado por Dinaura; queria entender por que ela escondia o passado, por que a dança, o beijo oferecido, a dentada feroz que sangrou minha língua. Não jantei nem puxei conversa com Florita. O sábado amanheceu nublado, e o *Anselm*, no porto, se abastecia de lenha. Arneu passou no palácio branco para saber se eu queria almoçar a bordo do navio. Disse a ele que ia comer em casa. Algum passageiro ia ficar na cidade?

Arneu apontou três passageiros: um velho, uma mulher e um rapaz.

Os Becassis, uma família de Belém, ele disse. O nome da mulher é Estrela, o filho é Azário. Diz que vão morar em Vila Bela.

Pela primeira vez vi, de longe, o cabelo cacheado de Estrela; ela andava de mãos dadas com o filho. O velho Becassis ia atrás da carroça que transportava a bagagem. A visão de Estrela foi uma pausa no meu transtorno. Arneu olhava apalermado o corpo da forasteira; começou a dizer que era a mulher mais linda do *Anselm* e que ia endoidar os homens de Vila Bela. Não gostei de ouvir isso. Ele era prestativo, mas tinha a mania de se engraçar com qualquer dona. E se exibia para mim, babava por uma mulher que não era para ele. E quanta gorjeta havia recebido só para dar informações sobre passageiros? Enquanto ele se afastava, segui com os olhos os três forasteiros. Na calçada da taberna dos Viajantes, o velho Becassis parou para conversar com Genesino Adel. Depois foi com a filha e o neto para a pensão de Salomito.

Almocei sem vontade e, como era cedo para ir à praça, deitei na rede da sala e fiquei pensando em Estrela; pensava nela para não sofrer com mais uma desfeita de Dinaura. A ventania que vinha do rio aumentou a quentura na sala. Por teimosia eu não estava a bordo do *Anselm*? Por paixão e desejo, isso sim. O apito, o ronco da máquina, o barulho de cachoeira das rodas laterais, tudo foi se apagando. A fumaça da chaminé cobriu o vão da janela, senti o corpo entorpecido, uma sonolência pesada me levou a um lugar estranho. Podia ver com nitidez os cabelos de Estrela ondulando na água que nem labaredas. Quando vi o rosto, reconheci Dinaura, e ouvi sua voz dizer com calma que só poderíamos viver em paz numa cidade no fundo do rio. Depois, na agitação da água barrenta, vi o rosto de um homem sério, olhar ameaçador. Eu disse alguma coisa em voz alta, senti falta de ar, a imagem sumiu. Estava sozinho numa cidade desconhecida. Acordei de boca aberta, respirando como um asmático. Apalpei a camisa molhada e vi o rosto de Florita.

Ouvi uns gritos de afogado e vim te socorrer.

Quando ela falava assim, parecia adivinhar meus sonhos. Fiquei assustado com as palavras de Florita. Medo de alguém que nos conhece. Para disfarçar, pedi a ela que perfumasse a banheira com essência de canela. Quando me viu na pinta e perfumado, disse que eu não devia sair de casa.

Por quê?

Não respondeu. E eu confiei na minha intuição. Antes das cinco, fui até a Ribanceira e fiquei encostado no tronco da cuiarana, o lugar onde vi Amando morrer. No chão, flores arrancadas pela ventania. Um céu que nem o desta tarde: nuvens grandes e grossas. A rua do Matadouro, deserta. Estava tão ansioso que tremi ao ouvir as cinco batidas do sino. Então ela apareceu sozinha, usando um vestido branco, os braços nus. Sentamos sob a árvore, o tronco cheio de flores. Acariciei os braços e os ombros de Dinaura, e admirei o rosto dela. O desejo no olhar cresceu. Não fiz pergunta, nem disse nada. Qualquer palavra era inútil para o amor urgente. Ventava com força. Ela não se assustou com as trovoadas, nem se esquivou do meu abraço. Eu guardava as palavras no meu pensamento. Um dia viajaríamos juntos, conheceríamos outras cidades. Ela olhava a outra margem do Amazonas, como num sonho. Íamos casar e depois viver em Manaus ou em Belém, quem sabe no Rio. A chuva se aproximou com uma zoada de cachoeira. Parecia que estávamos sozinhos na cidade e no mundo. Ela deitou na terra molhada, o pano do vestido colado na pele morena; se despiu sem pressa, a anágua, o corpete e o sutiã, ficou de pé, nua, e tirou minha roupa e me lambeu e chupou com gana; depois rolamos na terra até a mureta da Ribanceira, e voltamos para perto da árvore, amando como dois famintos. Não sei quanto tempo ficamos ali, acasalados, sentindo a quentura nas entranhas da carne. Mal pude ver a beleza do corpo, abismado com o jeito dela, de amar. Dançarina. O ciúme me queimou. Quis esquecer isso e olhei o céu, a árvore, a torre da igreja. As flores caíam molhadas e cobriam meus olhos. Acordei com os estalos da chuva no rosto, e cometi a imprudência de beijar Dinaura com um desejo quase violento. Queria tocar a pele, beijar o corpo dela. Queria mais. Os olhos diziam não. Encostei o ouvido nos lábios de Dinaura, mas a chuva nos ensurdecia. E o que pude ler nos lábios: uma história. Qual? Ela se vestiu e fez um gesto: que a esperasse, voltava logo. Saiu correndo, como se fugisse de uma ameaça. Fui atrás dela e parei no meio da praça. Voltei, me vesti, esperei por ela no mesmo lugar. Ainda chovia quando alguém apareceu na entrada do colégio. Chamei por Dinaura, me aproximei e vi um homem caído. De joelhos. O mendigo recadeiro segurava um guarda-chuva preto. Estropiado. Iro soltou uns gemidos, ele esperava restos de comida do refeitório do colégio. Tirei do bolso uma nota molhada e joguei na barriga do homem.

Deus é Pai.

Sujeito esquisito. Levantou, atravessou a praça, parou na rua do Matadouro e deu uma risada. Riso sem razão. Fiquei diante do colégio do Carmo, pensando qual seria o segredo de Dinaura. Ou a história que ela queria contar. Não senti culpa: senti ciúme de alguém que eu podia conhecer mas não sabia quem era. Recordei cada rosto conhecido, odiei todos os homens de Vila Bela, me remoendo de raiva e ciúme. Quando voltava para casa, vi dois homens bebendo no gargalo. Entrei na taberna dos Viajantes, pedi uma garrafa de vinho e tomei sem pressa, sentado na calçada, suportando o olhar dos Adel e dos fregueses. Olhavam para mim, rindo, e eu via escárnio no riso. De que riam? O velho Genesino, o dono da taberna, me atiçou:

O povo só fala no teu casamento com a órfã.

Que povo? Teus fregueses de merda?

Ele alisou o bigode e bateu com força na caixa registradora:

Aqui não entra cristão da laia do teu avô.

Deixei a garrafa na calçada, entrei na taberna. Genesino Adel contornou o balcão para me enfrentar, mas um dos filhos dele nos apartou.

A má fama de Edílio Cordovil ainda estava viva na memória dos mais velhos. Saí aturdido com outras lembranças: a pele molhada, o cheiro de lavanda, o corpo beijado e possuído com tanta ânsia na noite chuvosa. Entrei em casa e desabei na rede da sala. Acordei num domingo de dilúvio. Dia e noite chovendo, uma semana inteira assim. O Amazonas arrastava tudo: restos de palafitas, canoas e barcos de bubuia, marombas com bois amarrados, berrando de pavor. O porto de Santa Clara ficou submerso, os rios Macurany e

*49*

Parananema inundaram a parte baixa da cidade. Os caseiros armaram redes sob o telheiro, e passavam a noite cantando e rezando para a chuva parar. E, quando parou, eu e Florita andamos no alto do barranco. O colégio das carmelitas e o orfanato, próximos da Ribanceira, não estavam inundados. Mas, na beira dos rios, Vila Bela era uma cidade anfíbia. O matadouro, um lodaçal de carcaças e pelancas sob um céu de urubus. Membros e tripas boiavam na água suja até a porta da casa do prefeito. Os restos foram enterrados longe da cidade, mas o cheiro de podridão obrigou o prefeito a sair de casa. Lembro desse episódio porque naqueles dias tentei falar com Dinaura e, enquanto esperava uma notícia, tive que suportar o fedor de carniça do matadouro. Então soube que ela ia ficar em retiro absoluto. Um mês sem ver ninguém. Não era uma ordem da diretora, e sim uma decisão de Dinaura. Mas a pior notícia chegou num telegrama do gerente da empresa: Naufrágio Eldorado no Pará. Venha para Manaus com urgência.

Os rumores no porto eram desencontrados. Diziam que o comandante do *Eldorado* estava bêbado; que ele tinha desviado a rota para ver uma amante em São Francisco da Jararaca; que a chuva e o excesso de carga tinham provocado o acidente. O comandante de um navio da Ligure Brasiliana me deu uma informação mais exata: colisão com banco de areia, na ponta da ilha do Caim, entre Curralinho e o Farol do Camaleão, lá pro lado de Breves, no Baixo Amazonas. Perda total da carga e da embarcação. Soube que, na taberna dos Viajantes, a família de Genesino Adel comemorou o naufrágio.

Festejaram a tua desgraça, disse Florita. Que estás esperando? Embarca logo para Manaus.

Minha indecisão durou alguns dias; Estiliano estava em Belém, e eu não sabia quando ele ia voltar. Uma madrugada, Florita me viu na rede da sala e sentou no assoalho. Antes de amanhecer, ela disse com voz calma que eu devia embarcar para Manaus no vapor seguinte. Repetiu tantas vezes que me convenci de que estava certa. Dinheiro. Isso mesmo. Eu não queria viajar... A noite de amor com Dinaura, o desejo de estar com ela, e as outras noites da nossa vida... Mas como podia viver sem dinheiro?

Florita me tirou da sinuca. Disse que ia arrumar a casa para a festa do meu casamento com Dinaura: um mês de ausência não afogava uma paixão. Embarquei no vapor *Índio do Brasil* com essas frases na cabeça e, na noite de insônia rio acima, li um romance emprestado por Estiliano. Lembro das palavras de um personagem, um pai: Não quero um filho inútil, triste, sem brilho. Filho assim não será capaz de continuar nosso nome nem de prosperar a empresa. Depois da leitura, fiquei melancólico, preocupado. E foi assim que cheguei a Manaus num fim de tarde. Mandei um moleque avisar o gerente da empresa que eu ia ao escritório na manhã do dia seguinte. Dia azarado, aquele. Atrasei mais de uma hora por causa de um tumulto no centro. Um bando de exaltados corria e gritava na avenida Sete de Setembro. Pensei num protesto, ou passeata. Era o linchamento de um ladrão. Vi o sujeito quase nu amarrado a uma carroça puxada por um cavalo. Apedrejavam o infeliz e lascavam o cinturão nas costas dele. O animal relinchava, mas não abafava a dor humana. Depois a polícia arrastou o ladrão, o cavalo e a carroça. Quando passaram perto de mim, reconheci o rapaz da Saturno. Juvêncio nem pôde me reconhecer: os olhos vermelhos pareciam mortos no rosto inchado.

O gerente assistia à cena da janela do escritório. Pela primeira vez me encarou, o rosto tenso, mãos nos bolsos da calça. Nem sentou para dizer que o Lloyd Brasileiro, a Companhia de Navegação da Amazônia e outras grandes empresas haviam reduzido o preço do frete. Meu pai não tinha renovado o seguro do *Eldorado*, e a empresa ainda devia muito dinheiro ao banco inglês.

Estiliano não sabia disso?

Era um assunto do doutor Cordovil. Teu pai não autorizava ninguém a assinar apólices de seguro. Ele ia renovar, mas morreu.

Então o gerente continuou: no naufrágio do *Eldorado* a Companhia Adler tinha perdido oitenta toneladas de borracha e castanha, e movia um processo contra a empresa; as taxas portuárias não haviam sido pagas para a Manaus Harbour... O falatório desastroso me irritou. Eu não sabia de nada; a ignorância era a minha fraqueza. O gerente parou de falar, sentou e apoiou os cotovelos na escrivaninha, os dedos na testa, o olhar de admiração e saudade na fotografia do meu pai. Eu não conseguia encarar Amando, nem na parede. Murmurei: A empresa afundou. Ouvi alguém dizer em voz baixa: Covarde.

Perguntei ao gerente o que ele estava dizendo.

Permaneceu mudo, na mesma posição. O retrato do meu pai parecia me desafiar. Covarde. Não serves para nada. Era a voz de Amando Cordovil. As mesmas palavras. Ou minha memória repetia o que eu tinha ouvido tantas vezes? Então naquela manhã fui com o gerente ao banco inglês.

O empréstimo. Só de pensar, fico agoniado. Acho que vai chover. Esse bafo, o mormaço... Quando esquenta assim, tenho que tomar um gole, senão me dá falta de ar. Antes só bebia vinho. Agora bebo uns goles de tarubá, cachaça boa que ganho dos índios saterés-maués. Alivia o sufoco. E as lembranças vêm sem desespero. Então fico quieto e fecho os olhos. Posso falar de olhos fechados.

Senti o mesmo sufoco quando o diretor do banco me mostrou os documentos assinados por Amando. A dívida, uma fortuna. Saí tonto, peguei o bonde para a chácara e esperei Estiliano em Manaus.

Uns dez dias depois ele apareceu. Já sabia de tudo: eu tinha sido ingênuo ou irresponsável. Fui as duas coisas, pensei. Mas fiz questão de dizer que só meu pai fazia a renovação do seguro.

Vim antes porque li a notícia do naufrágio nos jornais de Belém, ele disse. E então revelou que estava em Manaus havia uma semana.

Não quis perder tempo, prosseguiu. Conversei com o juiz, com os diretores do banco e da Adler.

Explicou que os dois batelões estavam atracados no Manaus Harbour, confiscados pela justiça. Essas barcaças velhas não valiam muito, mas era possível vendê-las. O que tinha valor era o cargueiro alemão: o *Eldorado*.

Acusei o gerente de leviano, podia ter evitado essas dívidas. Estiliano não se alterou: o gerente era uma sombra do meu pai, e uma sombra não podia pensar em tudo.

Mas era preciso vender os dois batelões?

Vais ter que vender tudo: esta chácara, o edifício da empresa e o terreno de Flores.

Como eu ia admitir? Queria casar com Dinaura, viajar com ela.

Vives em outro mundo, disse Estiliano. Se não venderes tudo, podes ser preso. As pequenas companhias de navegação da Amazônia estão falidas. Sai desta chácara e anda pela cidade. Aquela moça arrancou tua cabeça, te deixou sem razão. Cego.

Estiliano era obcecado pela história do meu pai, mas sabia que nem Amando poderia evitar a falência. Não era uma fatalidade. Não há fatalidade nessa história. Não me interessava o sonho de Amando nem a linhagem dos Cordovil. Eu me debatia agora com a falta de dinheiro.

Andei de bonde pela cidade, vi palafitas e casebres no subúrbio e na beira dos igarapés do centro, e acampamentos onde dormiam ex-seringueiros; vi crianças ser enxotadas quando tentavam catar comida ou esmolar na calçada do botequim Alegre, da Fábrica de Alimentos Italiana e dos restaurantes. A cadeia da Sete de Setembro estava lotada, vários sobrados e lojas à venda. Tudo isso só aumentou a saudade que eu sentia de Dinaura. Na carta que lhe enviei, contei o que tinha acontecido; escrevi que estava louco para vê-la, que gostava muito dela, mais do que eu dizia gostar, muito mais do que eu mesmo sabia. E que eu não podia voltar logo para Vila Bela.

Fui derrotado pela espera. Saía da chácara para acompanhar Estiliano ao tribunal, e evitava passar na empresa. A última vez que entrei lá, insultei o gerente e quis expulsá-lo de um lugar e de um cargo que, na verdade, nunca me pertenceram. Estiliano me puxou para um canto da sala e sussurrou:

No momento do fracasso é melhor agir com a cabeça.

Eu invejava aquele homem que agia com o cérebro, com a razão que algum deus deu a ele. Nunca mais vi o gerente. Dizem que morreu no fim da Primeira Guerra, vítima da gripe espanhola.

Um mês depois, Estiliano fez um acordo com a Companhia Adler e com o banco inglês. E ainda disse que tive sorte, porque não contestaram a avaliação dos bens.

Não tenho dinheiro nem para voltar para Vila Bela.

Vamos leiloar os objetos da chácara e o material de escritório.

Ele já havia comprado minha passagem de volta. Podia conseguir algum dinheiro pelo piano e pelas porcelanas da casa da chácara. Sem contar os anéis de minha mãe.

Não é pouco para quem não faz nada, acrescentou, com uma calma ferina. E ainda tens uma propriedade em Vila Bela. Um casarão de valor.

E a fazenda Boa Vida, eu disse com raiva.

Um comerciante italiano arrematou os objetos do leilão; pela primeira vez, desde a morte do meu pai, contei o dinheiro nota por nota, fazendo cálculos medrosos. Em Vila Bela, Florita me recebeu sem euforia. A fachada do palácio branco não tinha sido caiada; as paredes da sala e dos quartos estavam manchadas de umidade.

Não mandaste dinheiro para arrumar a casa, ela disse.

Mas não é por isso que estás com essa cara.

Ficou catando palavras, e eu não quis esperar.

Que aconteceu?

Notou meu nervosismo, recuou até a parede. Quando Florita embirrava, só faltava engolir a língua. Não pude ler nada nos olhos dela. Corri até o colégio das carmelitas, atravessei o pátio e subi aos saltos a escada do edifício do orfanato. As meninas estavam sentadas em círculo. Costuravam em silêncio. Quando me viram, levantaram e se esconderam na rede. Só uma ficou de pé, parada, as mãos segurando o escapulário da Virgem do Carmelo. Nós nos olhamos como dois dementes. Perguntei por Dinaura.

Não mora aqui, não. Nunca dormiu...

Nunca dormiu?

Ouvi cochichos, um burburinho. De repente, todas se calaram. A mulher apareceu aos poucos, subindo devagar a escada: os olhos verdes e atentos no rosto moreno, o crucifixo de prata, o corpo muito magro coberto pelo hábito marrom. Um corpo quase da minha altura. Ao lado de madre Caminal, a irmã regente. Foi essa irmã que me pediu que saísse do dormitório. Eu não queria fazer encrenca nem escândalo. No portão, madre Caminal deu a notícia:

Dinaura anda por aí.

Em Vila Bela?

Ninguém sabe.

Olhei para a religiosa e perguntei em voz muito alta por que mentia para mim.

Não merecias aquela moça. Como podes ser filho de Amando Cordovil?

O nome do meu pai atrapalhou meus sentidos. O nome e a pergunta. O sino da igreja parecia uma sombra escondida na torre amarela. Iro, o mendigo da noite chuvosa, estava sentado num banco da praça, o guarda-chuva inútil preso no sovaco. Estendeu a mão ossuda; continuei a andar, ele jogou o guarda-chuva perto de mim e gritou: Vais morrer afogado.

Virei o rosto.

Afogado, pão-duro filho da puta.

Chutei o guarda-chuva, e na Ribanceira parei sob a cuiarana e remoí o destino de Dinaura. Evitava olhar o banco da praça, não queria recordar as palavras de Iro. Mas alguma coisa me tentava. Procurei o sujeito, o banco estava vazio. O medo se intrometeu na saudade que eu sentia de Dinaura. Medo de não encontrá-la, medo das palavras do mendigo.

Em casa, Florita disse que a minha cara era de alma sofrida. Ela sabia que Dinaura havia fugido? Que não dormia no orfanato? Não quis responder: apenas me entregou o envelope com a carta que eu tinha enviado para Dinaura. Fechado. Iro deixou aqui, disse Florita. Carta de amor não lida é mau presságio.

Então contei o que ouvi do mendigo.

Morrer afogado? Vamos penar na miséria, isso sim.

Ainda era dono da fazenda e do palácio branco. Não era só por capricho que eu queria manter a casa. O palácio branco era o lugar da minha infância, mas eu não podia conservar a propriedade. Almerindo e Talita plantavam mandioca e banana, criavam porcos e galinhas. Era o alimento deles; trocavam a sobra por peixe. Mas eu dava arroz, feijão, açúcar, café e sabão. Mal falavam comigo, entravam e saíam pelos fundos, como se fossem donos do quintal. Para eles, eu era um filho desprezado e fraco, sem a mão pesada de um Cordovil. Almerindo deixava entrar no quintal os parentes do interior. Cantavam e falavam alto, numa barulheira enxerida. Lembro que meu pai tolerava a algazarra. Às vezes, dava uma viola para o caseiro e um par de sapatos para Talita; antes das eleições ele ia ao quintal pedir votos para um candidato. Essa intimidade me irritava, porque era interesseira, calculada. No fundo, eles eram para Amando apenas isto: criados. Perguntei a Florita quando eu devia pôr os caseiros na rua.

Hoje mesmo. Talita me odeia porque pensa que sou tua amante. E o homem, porque peguei ele roubando tua roupa velha.

E por que deixaste?

Porque Amando deixava Almerindo meter a mão nas camisas puídas. Teu pai dizia: Ele pensa que está roubando, e eu penso que estou doando.

Então eu disse aos caseiros que fossem morar na fazenda. Recusaram, só iam arredar o pé do quintal se eu arranjasse casa e emprego para os dois. A solução era falar com Leontino Byron, o político que havia sido apadrinhado por Amando. Byron sonhava ser graúdo. Deputado. Pedi que ajudasse os caseiros do meu finado pai. O político me recebeu com abraços. E disse assim mesmo: Mano, quem não deve favores para Amando? Então arranjou uma casinha de madeira lá no fim da cidade. E também um serviço braçal: limpeza do cemitério. Nos fundos da casa eles tinham comida e porão; no cemitério, um ordenado mixuruca. Não é uma escolha fácil, mas me livrei do casal que endeusava Amando.

Comecei a procurar Dinaura na cidade. Ia de porta em porta, os moradores ainda se lembravam dos presentes e favores de Amando: o emprego numa repartição pública, um vestido de noiva, um brinquedo, uma rede, uma passagem de barco e até dinheiro. Perguntava por minha amada e ouvia o nome de Amando. Florita jurou que ela não estava em Vila Bela.

Como tu sabes?

Quem sonha com outro mundo não pode estar aqui. Muito menos uma amante arrependida.

Esperou meu olhar de interrogação e acrescentou: Dinaura foi morar numa cidade encantada.

Florita não falava sério, mas me convenceu de que Dinaura não estava em Vila Bela. Então chamei Joaquim Roso e Ulisses Tupi. E contra a minha vontade, Denísio Cão. Esses práticos conheciam remansos e furos escondidos e, de tanto conviver com índios e ribeirinhos, entendiam a língua geral. Quando Florita viu os três barcos no meio do Amazonas, disse: Tudo isso por uma mulher que te largou?

O ciúme de Florita era menos estranho que o silêncio de Estiliano. Um silêncio terrível. No meu pensamento, ele não gostava de Dinaura. Birra de solteirão? Ou raiva de uma mulher que me afastou de vez da empresa e de Manaus?

Esperei ansioso pelas notícias dos barqueiros. O primeiro a aparecer foi Denísio Cão. Encontrei o prático encostado na amurada, fumando. Onde ela estava?

Denísio esticou o beiço para uma rede no convés. Afastei as abas e vi o rosto assustado de uma menina. Ele não esperou minha pergunta, apagou o cigarro, disse que a cunhantã era a cara da minha noiva. E virgem, nem o boto tinha triscado nela. Era uma menina do paraná do Caldeirão, um povoado abaixo da serra de Parintins.

Ela perdeu a mãe, disse o barqueiro. E o pai ofereceu a filha para mim.

Senti o sangue esquentar. O sangue ruim dos Cordovil. Denísio não usava faca na cintura. Dei um tabefe no rosto do mentiroso.

Quanto pagaste por essa criatura?

Confessou: tinha dado uns trocados ao pai da menina, e na viagem para Vila Bela abusou da coitada. Quase criança, os olhos fechados de medo e vergonha. Levei-a ao palácio branco e fui avisar a polícia. Quando entrei na cadeia pública, desisti de qualquer justiça. O edifício, uma pocilga; e os carcereiros, uns miseráveis: pareciam mais condenados que os detentos. Contratei um velho prático de confiança e mandei a menina de volta para o Caldeirão. E o pior é que Denísio pulou do barco e saiu rindo por aí, satisfeito, dono de tanta malvadeza.

*59*

Joaquim Roso chegou uns dias depois com outro pesade-lo: uma menina sem nome, filha de um povoado do Uaicura-pá, o rio da fazenda Boa Vida. A mocinha me deixou zonzo: um anjo triste, o rostinho moreno, cheio de dor e silêncio. Era órfã de mãe, e tinha sido deflorada pelo pai. Quando Joaquim Roso soube disso, quis livrar a filha do animal paterno.

Não encontrei Dinaura, mas fiz essa caridade, ele disse.

Isso me perturbou: era o destino de muitas filhas pobres da Amazônia. Eu me perguntei por que um pai sente esse desejo estranho de possuir sua própria cria. Só pode ser mal-dade do pensamento, sanha do demônio. Mandei Florita ao colégio das carmelitas: que pedisse à madre Caminal para cuidar da mocinha. E então esperei Ulisses Tupi, famoso por encontrar saída nos labirintos dos nossos rios. Chegou de surpresa, barba tão crescida que escondia os olhos. Parecia outro. Jurou que Dinaura estava viva, mas não no nosso mun-do. Morava na cidade encantada, com regalias de rainha, mas era uma mulher infeliz. Ele ouviu isso nas palafitas de beira de rio, nas freguesias mais distantes; ouviu de caboclos soli-tários, que vivem com suas sombras e visões. Dinaura foi atraída por um ser encantado, diziam. Era cativa de um des-ses bichos terríveis que atraem mulheres para o fundo das águas. E descreviam o lugar onde ela morava: uma cidade que brilhava de tanto ouro e luz, com ruas e praças bonitas. A Cidade Encantada era uma lenda antiga, a mesma que eu ti-nha escutado na infância. Surgia na mente de quase todo mundo, como se a felicidade e a justiça estivessem escondidas num lugar encantado. Ulisses Tupi queria que eu conversasse com um pajé: o espírito dele podia ir até o fundo das águas para quebrar o encanto e trazer Dinaura para o nosso mun-do. Sugeriu que eu fosse atrás de dom Antelmo, o grande curandeiro xamã de Maués. Ele conhecia os segredos do fundo do rio e podia conversar com Uiara, chefe de todos os encantados que viviam na cidade submersa.

Quando essas notícias se espalharam em Vila Bela, fui perseguido por um inferno de rumores. Uns diziam que Dinaura havia me abandonado por um sapo, um peixe grande, um boto ou uma cobra sucuri; outros sussurravam que ela aparecia à meia-noite num barco iluminado e dizia aos pescadores que não suportava viver na solidão do fundo do rio. Lembro da manhã em que Florita encontrou uma cesta cheia de peixes na porta do palácio branco. Peixes de ventre aberto, guelras e vísceras com sangue, o cheiro de ovas espocadas, puro fel. Que diabo era isso?

Tua amada mandou para ti, disse Florita. Cansou de ser metade bicho metade mulher.

Florita me provocava? A crença em seres sobrenaturais sumia de manhã e voltava à noite. Jogamos os peixes para os urubus do matadouro; quando sumiu o cheiro de vísceras e fel, recebi cartas e bilhetes de pessoas que tinham sido seduzidas e depois perseguidas por seres do fundo das águas. Uma grávida, com medo de dar à luz uma criança com cara de boto, escreveu que dormia na beira do Amazonas e cantava para o rio quando o sol nascia. Um homem que sonhava com uma inscrição milenar numa pedra no rio Nhamundá e se dizia imortal porque os encantados não morrem. Um sujeito metido a conquistador que se tornava impotente quando uma mulher de branco aparecia durante a noite. E várias histórias de homens e mulheres, todos vítimas de um ser encantado que surgia em sonhos, cantando a mesma canção de amor. Eram atraídos pela voz e pelo cheiro da sedução, e alguns enlouqueceram com essas visões e pediram ajuda a um pajé.

Gastei dinheiro com os barqueiros. E o que trouxeram para mim? Mitos e meninas violentadas. Florita pediu que eu parasse com essa loucura e desistisse de vez: Dinaura nunca mais ia voltar.

Não desisti. E mesmo depois, quando o tempo já afogava a ânsia e a esperança, e o corpo pedia sossego, meu coração não secou. Meu pensamento corria atrás dela, corria atrás do desejo. Ia aos sábados à praça do Sagrado Coração com a esperança de vê-la no fim da tarde. Vivi algum tempo com essa alucinação, fugia do mendigo sentado no mesmo banco, o guarda-chuva em frangalhos no colo.

Quando fiquei sem dinheiro, percebi que muito tempo tinha passado. Fiz uma proposta a Estiliano: podíamos reativar a Boa Vida, exportar carne.

Com que dinheiro? O pasto, os bois, o transporte do gado durante a enchente, os empregados.

E vou viver de quê?

Podes vender uma propriedade. Até Horadour Bonplant quer vender a perfumaria. Nesta terra, só os políticos podem dormir e acordar de bom humor.

Estiliano me encarou com pessimismo, que é mais doloroso que o insulto. Prenunciava meu futuro? Notou que a palidez no meu rosto vinha de alguma lembrança terrível, a qual, sem querer, ele escavava na minha memória.

Deves visitar a fazenda, ele disse. Depois decides se é melhor vendê-la.

Ele me deu dinheiro para alugar uma lancha, pagar um prático e comprar comida. Levei Florita e a caixa da loja Mandarim, com documentos que eu não tinha lido. A papelada de Amando.

A fazenda ficava numa área de várzea do Uaicurapá. Não

me lembro em que noite do passado vi Amando apontar o céu e comparar o tamanho da Boa Vida com o da lua. A diferença é que aqui tem muita água e peixe, e aqui vou colher muito cacau, dizia. Florita pensou que ele estava endoidando, porque se dirigia à lua e falava da plantação de cacau. Esse sonho agrícola foi destruído pelas pragas. Só a casa sobreviveu, com a varanda e a sala de frente para o rio.

Fazia tanto tempo que eu não pisava na Boa Vida. Florita olhou com tristeza o antigo pasto: um capinzal com tocos de árvores queimadas. Os cacaueiros, com folhas enferrujadas, mortos. Os cupinzeiros avançavam nos tabiques e vigas da casa. Enquanto Florita e o prático limpavam os quartos e a varanda, eu olhava a velha sumaumeira na margem do rio.

A árvore mais alta deste mundo, meu pai dizia. Um safado que trabalhava na Boa Vida mexeu com a tua mãe. Foi enforcado num galho alto. Ele já estava morto quando atirei na corda. O corpo caiu na água e depois foi colocado numa balsa que o rio levou. Dois homens seguiram a balsa e se divertiram, atirando no pescoço do cadáver. Lá embaixo, próximo do paraná do Ramos, espetaram a cabeça do atrevido numa estaca. Os urubus gostaram, e ninguém nunca mais mexeu com a tua mãe. Ninguém. Ela viveu para mim até o dia em que te pariu.

O rifle, o chapéu e as botas de Amando pendurados na parede do quarto. E a fotografia do rosto dele, entre a arma e o chapéu. Estiliano conhecia essa história? E Florita e madre Caminal? O que um amigo sabe de um amigo? Ou cala? Eu me sentia mal na Boa Vida. Lugar lindo, com guarás--vermelhos e jaçanãs no céu e nas árvores. As águas escuras e espelhadas do Uaicurapá, a ilha que surgia na vazante, quando eu furava peixes com um arpão e brincava sozinho na praia. Patos-do-mato e marrecos gritavam na copa da sumaumeira. A árvore deve estar lá, sombreando a casa que uns colonos ocuparam durante a Segunda Guerra. Não era o lugar que me perturbava: era a lembrança do lugar. Os filhos dos empregados se aproximavam da varanda e paravam para observar a casa. Crianças caladas, filhos de homens calados. Voz, mesmo, só a de Amando: voz para ser obedecida. Diz que a plantação de cacau gorou em pouco tempo. Então meu pai queimou a floresta para fazer pasto. Ele prosperou, até comprou uma barcaça e começou a transportar borracha, castanha e madeira do Médio Amazonas para Belém. A Boa Vida virou casa de campo. O homem enforcado. Decapitado. Amando gostava de repetir esse episódio, e certa vez não se dirigiu à lua nem a mim: falava com minha mãe, como se estivesse viva. Eu acreditava nessa história, e me lembrava de outra: a da cabeça cortada. Histórias diferentes, mas as palavras de Amando me amedrontavam ainda mais. Porque ele acreditava no que dizia. E também porque ignorava meu medo.

Naquela noite, tentei dormir no quarto dos meus pais; de madrugada um chiado me despertou. Num voo torto um morcego se enganchou na tela de arame da janela e soltou um guincho. Os olhinhos de brasa faiscaram. Acendi a lamparina, o vulto de um homem armado apareceu na parede. Não era o prático da lancha. Ninguém. Apenas o rifle e o chapéu do meu pai. Sombras. O morcego sumiu. Joguei o rifle e o chapéu no chão, não queria sombras no quarto. Lá fora, na beira do rio, passou uma mulher. Saltei da rede com o coração na boca e me aproximei da tela de arame. A mulher veio na direção da janela. Eu ia gritar o nome de Dinaura.

Escutei um barulhinho, disse Florita.

Foi só um sonho. Vai dormir.

Armei a rede na varanda e deitei. As lembranças da Boa Vida me deixaram de olhos abertos: os sons das cigarras e dos sapos, o cheiro das frutas que eu arrancava das árvores, o estalo das castanhas que caíam das mãos dos macacos. Antes de clarear, eu escutava os gritos dos patos-do-mato e via a sumaumeira crescer no céu avermelhado pelo sol ainda escondido. A tarde em que Amando se embrenhou na floresta para trazer de volta uma família de empregados fugidios. Voltou de mãos vazias. Quase vazias: uma moça malvestida e descalça vinha atrás dele. Tinha sido capturada por Almerindo, que depois foi ser caseiro em Vila Bela. Pobre e corajosa, dizia Amando. Não quis fugir com os preguiçosos, largou a família para trabalhar e viver melhor.

Meu pai levou a moça para o palácio branco, e lhe comprou roupa e sandálias. Em Vila Bela ela estudou e ganhou um nome, com batismo cristão, festejado. Amando dizia que era uma cunhantã de confiança, e que ele respeitava e até ajudava as pessoas de confiança. Essa moça me criou. A primeira mulher na minha memória. Florita. Anos depois, também em Vila Bela, uma tarde em que ela dormia na rede, entrei no quarto e fiquei observando o corpo nu. Tive um susto quando ela se levantou, tirou minha roupa, me levou para dentro da rede. Almerindo e Talita ouviram, contaram tudo para o meu pai. Florita não se desculpou nem foi punida pelo patrão. Meses depois, Amando me obrigou a morar na pensão Saturno, em Manaus.

Amanheci com essas lembranças. E, como não conseguia dormir, vasculhei os documentos guardados na caixa da Mandarim. Li cartas enviadas por prelazias, casas de caridade e

*65*

pelo vigário-geral do Médio Amazonas. Agradeciam as doações de Amando. Encontrei mensagens de fiscais de mesas de rendas, de prefeitos, deputados. E, no fundo da caixa, uma carta assinada por um funcionário de um ministério, e outra pelo governador do Amazonas. Mencionavam uma concorrência para o transporte de carga para a Inglaterra, e que "tudo devia ser planejado com sigilo". Pensava nisso quando ouvi Florita perguntar que dia íamos voltar para Vila Bela.

Hoje, eu disse.

Cavei dois buracos entre a sumaumeira e o rio, e num deles enterrei a caixa com a papelada; no outro, o chapéu, o rifle e as botas. Ia enterrar também a fotografia de Amando, o rosto voltado para o fundo da terra. Mas Florita quis guardar o retrato.

Para quê, se não visitas mais o túmulo dele?

O cemitério de Vila Bela é um matagal só, ela disse.

Mentiu olhando a imagem de Amando. Ela ia ao cemitério e deixava bromélias na lápide do patrão. Até plantou um cajueiro ao lado do jazigo dos Cordovil. Uma manhã em que fui visitar o túmulo de minha mãe, Florita estava lá, ajoelhada, rezando e aguando o pé de caju. Não esqueci o que ela me disse logo depois do enterro de Amando: Teu pai era ganancioso que nem anta, mas aprendi a gostar dele.

Aprendeu a gostar dele, apesar da baixeza. O Amazonas todo aprendeu. Dei a fotografia para Florita e olhei a Boa Vida como quem olha um lugar que não deve mais ser lembrado. Na viagem de volta para Vila Bela, pensei na mãe que não conheci. Não sei se ela morreu para se livrar do meu pai. Sei que Amando e meu avô tinham inimigos. Amando contava atos heroicos de Edílio: a coragem com que ele e seis soldados derrotaram mais de trezentos revoltosos na batalha do Uaicurapá. Mas outras vozes desmentiam esse heroísmo, diziam que em 1839 Edílio havia comandado um massacre contra índios e caboclos desarmados. Depois dessa matança, ele tomou posse de uma área imensa na margem direita do Uaicurapá. Um sobrevivente deve ter gravado os crimes do tenente-coronel Edílio Cordovil no tronco de uma árvore secular. Amando queria escrever um livro, "Façanhas de um civilizador", uma elegia ao pai dele, um dos líderes da contrarrevolta. Não escreveu nada, os cargueiros sugaram toda a sua energia e tempo.

Em Vila Bela, paguei o prático e o aluguel da lancha, e fiquei com pouco dinheiro. A única saída era vender o palácio branco, minha última propriedade valiosa. Entrei na pensão dos Benchaya e disse: Salomito, quero vender meu palácio, se conheceres alguém interessado...

Salomito pensou que era conversa mole, ou rompante: palavras sem pensamento. Eu confirmei, sério. Então ele apontou a barba de patriarca para uma mesa e disse que Becassis procurava um lugar para morar e instalar uma pequena perfumaria em Vila Bela. Velho corajoso: teimava em vender óleo aromático numa época que cheirava a fome e destruição, aqui e na Europa.

Becassis estava sentado entre Estrela e Azário, um rapaz esquisito. Ela era altiva, o cabelo comprido e cacheado roçava a borda da mesa. Observei o corpo empinado, as mãos delicadas, o rosto bem talhado, que escondia alguma coisa no fundo dos olhos cinzentos. Como admirei os olhos da forasteira. Era a segunda vez que via a mulher, a primeira havia sido só de longe. Ela vivia como uma cativa, não queria mostrar a beleza. O velho notou que eu estava hipnotizado por Estrela. Eu ainda não sabia que era filha dele, os judeus marroquinos e os árabes tinham fama de mulherengos, e os mais velhos costumavam casar com mocinhas. O ciúme nos olhos dele não era cisma de esposo, era de pai. Becassis levantou e perguntou pela casa. Eu disse, sem exagero: É o palacete branco na avenida Beira-Rio.

Ele me apresentou a filha e o neto, e quis ver a casa na hora. A mulher sorriu, o rapaz me olhou de banda e cruzou os braços. Não sei se ficou invocado comigo. Ou eu é que senti alguma coisa que me afastava dele? Nem me cumprimentou, e eu não liguei. Quer dizer, gravei na memória a impertinência de Azário e acompanhei Becassis à casa.

O assoalho encerado por Florita brilhava. O que não brilhava era o olhar dela. Minha Flor ficou calada. Becassis se impressionou com as janelas altas em ogiva, com o tamanho da sala, dos quartos e da cozinha; parou para admirar as louças e os azulejos portugueses do banheiro. Depois andamos pelo quintal, e eu disse a ele que aquela era uma das poucas casas de Vila Bela que tinham uma fossa decente. Ele observou tudo: as árvores frutíferas, a fonte de pedra do tempo de minha mãe, a pérgula de madeira coberta por um maracujazeiro. Arrancou uma folha da trepadeira, esfregou-a nas mãos e cheirou. Quando perguntou pelo preço, a voz saiu cortada, como se fosse a de outro.

O doutor Estiliano, meu advogado, trata disso.

Até do preço?, perguntou Becassis.

Sobretudo do preço.

O senhor tem outra propriedade?

Uma área de várzea no rio Uaicurapá, respondi. A fazenda Boa Vida.

Tem plantas com raízes aromáticas? Breu-Branco, Breu--Preto?

Tem tudo, menti. Depois disse uma verdade que me interessava: Tem até escritura lavrada em cartório.

O rosto seco e duro de Becassis não se alterou. Na calçada, dei a ele o endereço de Estiliano, e nos despedimos.

Duas semanas depois, Estiliano me informou a oferta de Becassis. Muito esquisita. O comprador devia saber que eu andava de cuia na mão, porque o preço incluía a Boa Vida.

Como Becassis sabia que estava à venda?

Soube por mim, disse Estiliano. Mas tu mencionaste a fazenda e deste a entender que ias vendê-la.

É um preço muito baixo para as duas propriedades, protestei.

Becassis é o único que pode pagar. Ele quer assinar duas promissórias para serem descontadas em Belém. E ainda concordou em pagar tua passagem.

Sem as duas propriedades, eu não teria mais nada. Tinha Florita, a quem sustentava. Pensei num plano, e não contei a ninguém. Não podia contar... Concordei com a oferta de Becassis, e disse ao advogado que só venderia as propriedades se Florita ficasse no palácio branco.

Queres vender a casa e abandonar Florita?, perguntou Estiliano.

Abandonar Florita? Como eu podia abandonar a intérprete dos meus sonhos, as mãos que preparavam minha comida, e lavavam, passavam, engomavam e perfumavam minha roupa? Gostei dela desde o dia em que a vi no meu quarto: a moça de rosto redondo, lábios grossos e cabelo escorrido, cortado em forma de cuia, o olhar terno e triste que foi adquirindo malícia e dureza no convívio com Amando. Florita sentia ciúme de mim por eu ter dormido com ela uma única vez na rede: a brincadeira que ela me ensinou, dizendo:

Faz assim, pega aqui, aperta minha bunda, não faz assim, põe a língua pra fora e agora me lambe: a brincadeira que foi a despedida da minha juventude virgem e me castigou com a temporada na pensão Saturno e quatro ou cinco anos de desprezo de Amando. Pensei em tudo isso e perguntei a Estiliano:

Não foi meu pai, teu amigo, que trouxe Florita para trabalhar em casa?

Na casa de Amando Cordovil, não numa casa de estranhos.

Tentei convencer Florita de que, ao voltar de Belém, eu compraria uma casa no bairro de Santa Clara, onde moraríamos juntos. Na nossa presença, Becassis disse que uma empregada da pensão de Salomito ia trabalhar na casa.

Vais ganhar uma família até eu voltar, eu disse a Florita.

Ela se aproximou de mim com um sorriso de comadre e ternura nos olhos, roçou os lábios no meu cangote e lambeu minha orelha até me deixar arrepiado. E então sussurrou com ódio:

Vais voltar de Belém com o demônio no coração.

Becassis não escutou essa voz íntima, mas notou meu rosto amarelado de medo. E o medo cresceu quando vi o timbre de um banco inglês nas notas promissórias. Lembrei do empréstimo, da bancarrota da empresa; minhas mãos esfriaram com essa má lembrança. Becassis me interrogou com um olhar apreensivo, como se eu fosse desfazer o negócio.

Isso é dinheiro, ele disse, apontando as promissórias.

O mesmo banco, pensei em voz alta.

Mas desta vez não vai te cobrar, e sim pagar, disse Estiliano.

Por acaso olhei Azário e me irritei. Becassis repreendeu o neto, que fazia uma careta de diabo. O rosto de Estrela me reanimou. A beleza daquela mulher não diminuiu minha saudade de Dinaura, mas a ideia de perder o palácio branco me desnorteava. Becassis parecia entusiasmado com a compra da propriedade. A secura do nosso primeiro encontro havia sumido. Não digo que o velho se derreteu para mim, apenas amoleceu, foi um comprador de peito aberto. E de boca também: falou de seus planos e revelou o nome da perfumaria: Tânger. Ia comprar a perfumaria Bonplant e extrair folhas e raízes da mata da Boa Vida. Queria vender o cheiro da floresta para todo o Brasil. Se desse certo, ia exportar para a Europa.

Embolsei as promissórias, imaginando os frascos de óleo aromático nos fundos do palácio branco. Quando me despedi de Estrela, toquei na sua mão delicada, depois apertei essa mão, um aperto demorado, de promessas íntimas. E esqueci o filho da viúva, rapaz estranho, corpo teso, mãos grandes demais para a idade dele.

Estiliano e Florita não entendiam meu estado de ânimo: eu tinha acabado de vender as duas últimas propriedades e não estava abatido. Estiliano quis saber o que eu ia fazer depois.

Depois?

Não tens mais chão nem teto.

Tenho Florita. E um amigo, que foi o único amigo do meu pai.

Ele intuiu que eu maquinava alguma coisa e me visitou na última semana em que dormi no palácio branco, antes de entregar as chaves a Becassis e embarcar para Belém. Sugeriu que com o dinheiro da venda eu comprasse duas casas: uma para morar e outra para alugar.

Estás a meio passo da pobreza. Não quero ver um Cordovil na rua.

Então decidi tocar num assunto que podia esfolar o coração dele. Disse que na Boa Vida, depois de fuçar a papelada guardada na caixa da Mandarim, descobri que Amando Cordovil tinha sido um contrabandista e sonegador. Estiliano sabia disso?

Ele levantou, e, antes que andasse até a porta, continuei: a carne verde e a castanha que Amando exportava para Manaus. Transportava a carga até outras freguesias para não pagar impostos em Vila Bela; depois desembarcava tudo numa ilha perto de Manaus e sonegava outra vez. Subornava o empregado da mesa de rendas, subornava até o diabo.

Os políticos faziam chantagens com teu pai, disse Estiliano.

Eram os aliados, os sócios dele, eu disse. Meu pai sonegava e depois dividia o lucro com eles; aí ajudava a prefeitura, dava carroças para recolher o lixo, dava os cavalos e bois que puxavam as carroças, pagava os reparos do matadouro e da cadeia, o salário dos carcereiros. Depois fez a mesma coisa com o frete das barcaças e do *Eldorado*: escrevia para o governador do Amazonas, para um funcionário do Ministério da Viação Pública. Morreu porque perdeu uma licitação vantajosa, a grande concorrência antes da Primeira Guerra: borracha e mogno para a Europa. O coração não aguentou, a ganância era maior que a vida.

Não foi a ganância, se exaltou Estiliano.

A voz alta assustou Florita. Eu mesmo me assustei com o descontrole do advogado. A morte súbita de Amando deixou-o vulnerável. Não teve tempo para queimar o passado.

Não foi a ganância, repetiu Estiliano.

O rosto suado, vermelho, brilhava; ele ficou parado, sofrendo com a reação que contrariava seu temperamento. O suor escorria do queixo e gotejava no assoalho. Disse que Amando era um homem ambicioso, mas justo. Florita sabia disso, todos sabiam. Os fazendeiros só pensavam em exportar carne para Manaus. Amando foi o primeiro a vender carne barata em Vila Bela. Ele queria que o povo comesse, queria carne para todo mundo, mas até para isso tinha que molhar as mãos dos políticos. Queria a cadeia limpa, com comida e catre. Não foi a ganância. Deve ter sido outra coisa. Algumas pessoas podem morrer por ganância, mas não...

Não conheci esse homem, eu disse bruscamente. Li toda a correspondência que ele recebeu.

Ele nunca me falou dessas cartas, disse Estiliano, com desdém.

A lealdade cega de Estiliano ao meu pai me enervou. Antes de ir embora, ele advertiu: que eu não gastasse o dinheiro, não gastasse todo o dinheiro em Belém.

Florita ainda resmungou: eu não devia ter vendido o palácio branco; ia me arrepender para o resto da vida.

Os resmungos de Florita não me abalaram. Sem que eu percebesse, estava sendo tão teimoso e bruto quanto Amando Cordovil. Queria ser diferente, mas uma sombra do meu pai estava dentro de mim, como um caroço numa fruta podre. Eu teimava em ser a casca, queria ser jogado fora, e assim não faria dano a ninguém.

O *Hildebrand* ia atracar em Vila Bela num sábado. Na manhã de sexta-feira, assinei os documentos no cartório e entreguei as chaves para Becassis. E então ele disse o que eu mais queria ouvir:

Quando voltares de Belém, vou te convidar para jantar em casa. Minha filha vai gostar.

Com esse alento abracei Florita e esperei que ela soluçasse de saudade. Mas não. Nem sequer uma palavra.

Deixei tudo na casa: os móveis, as louças, o relógio de parede, até os lençóis de cambraia. Só não deixei a memória do tempo em que morei lá.

O comandante do *Hildebrand* reconheceu meu sobrenome. Ele se lembrava das viagens de Amando para Belém. E disse que eu ia viajar no camarote preferido do meu pai.

Percebeu a surpresa, talvez o assombro, no meu rosto.

É o único desocupado, disse.

Viajei onde meu pai havia dormido. E a memória do homem me perseguiu rio abaixo, até Belém. Nas conversas a bordo, só desgraça. Parecia um navio de náufragos. Próximo de Breves lembrei do naufrágio do *Eldorado*, e quase ao mesmo tempo lembrei de uma promessa de Amando. Isso foi no dia em que ele voltou de uma viagem ao Pará. Entrou no palácio branco com um rosto de prazer e triunfo, e, em vez de falar dos cargueiros e da empresa, mencionou as belezas de Belém: a Cidade Velha, o Porto do Sal, o Grande Hotel, os casarões, igrejas e praças magníficas. E o mar. O mar amazônico, de águas misturadas. Então eu quis conhecer a cidade. Ele prometeu que iríamos juntos na viagem seguinte, mas foi sozinho. Quando voltou, já tinha esquecido a promessa.

O Grande Hotel era um edifício fabuloso. Um velho recepcionista perguntou se eu era parente de Amando Cordovil. Filho, respondi. Elogiou a bondade e as gorjetas do hóspede, e perguntou como ele estava. Morto, eu disse.

Coitado do doutor Cordovil, o velho lamentou. Não

contou que tinha um filho. Ele costumava visitar o túmulo de um parente no cemitério dos Ingleses.

Os ossos do meu avô estavam enterrados em Vila Bela. Eu não sabia nada de minha avó nem de outros parentes. A curiosidade me levou ao cemitério dos Ingleses. Andei pelo pequeno campo-santo, lendo epitáfios em lápides de mármore de Carrara. Era meio-dia; mal sentei num banco de pedra, começou a chover. E que diabo eu fazia ali? Um rosto atraiu meu olhar. O retrato de um morto. Eu me aproximei da lápide: Cristóvão A. Cordovil, morto num naufrágio na costa da Guiana Inglesa. O nome do barco naufragado parecia atado ao meu destino: *Eldorado*. O nome e também o rosto daquele Cordovil: anguloso, o queixo proeminente, as sobrancelhas espessas. Como podia estar morto, se me olhava com o mesmo olhar do meu pai? Tive medo de cair numa armadilha, de não receber o dinheiro das promissórias. Saí do cemitério com esse mau presságio. Amando não estava em lugar nenhum, mas parecia seguir meus passos.

Fui ao Grande Hotel para mudar de roupa e esperar a chuva passar. Depois, no banco inglês, dei ao gerente as duas promissórias. Ele me pediu um documento de identidade; entreguei também uma carta que Becassis havia escrito e assinado, por exigência de Estiliano. Fiquei aliviado e, quando segurei o pacote de dinheiro, ri do mau pressentimento. Podia sentir o prazer que Amando sempre me proibiu. E podia gastar sem a vigilância de um pai ou tutor. Eu me esbaldei no Café da Paz e nos bares da Cidade Velha; conheci o Mestre Chico e outros boêmios e músicos que tocavam canções de pau e corda, tiravam toadas e modinhas com flauta, violão, violino e cavaquinho. Eu pagava a bebida das noitadas e os ingressos das operetas da trupe Chat Noir no teatro Moderno, no largo de Nazaré. Amanhecíamos no Porto do Sal. Depois aluguei uma lancha e vi o mar pela primeira vez. Na loja Paris n'América comprei peças de organdi suíço e de seda italiana e francesa. Presentes para Estrela, a filha de Becassis, mas era como se fossem para Dinaura. Quando descontei a segunda promissória, comprei roupa e sapatos para mim e para Florita; passei na livraria Alfacinha e levei uma caixa de livros franceses para Estiliano. Fiquei enjoado de tanto comprar, gastar, farrear, de comer e beber nos melhores restaurantes. Mais de dois meses vivendo assim, a mesma vida fútil, desperdiçada em Manaus, de antes de conhecer Dinaura. Não conseguia esquecê-la, e tinha pouca esperança de encontrá-la.

No hotel, perguntei ao velho recepcionista quanto meu pai lhe dava de gorjeta. Mixaria. Ia dar a ele vinte vezes mais. Quando abri a carteira, mudei de ideia: dez vezes era suficiente, mas acabei dando cinco libras esterlinas. E olha só: o rosto do velho molhou de alegria. A notícia de que eu era um rico de mão aberta agitou o porto. E, quando os vendedores do Ver-O-Peso me ofereceram essências do Pará, pensei na perfumaria Tânger e no encontro com Estrela. Como ia casar com ela se pensava o tempo todo em Dinaura? Viajei para Vila Bela com essa dúvida e um pouco de dinheiro. "Vais voltar com o demônio no coração." A frase de Florita era mais temerosa que as advertências de Estiliano. Porque minha Flor conhecia os dois homens de sua vida: eu e meu pai. Estiliano só conhecia uma face de Amando, e com essa face ele idealizou o homem inteiro e sua alma.

Às vezes o presságio não é mais poderoso que a razão? Quando desembarquei em Vila Bela, um carregador pôs toda a bagagem numa carroça. Antes de visitar Estiliano, decidi entregar à filha de Becassis as caixas com as peças de tecido. Lembrei que não tinha comprado nada para Azário. Esse fedelho me perturbava. Alguma coisa nele lembrava meu pai. Decidi enfrentar Azário e acompanhei o carroceiro ao palácio branco. Contornei a casa até o fim do quintal, não senti cheiro de óleo perfumado, nenhum aroma. Cheiro de bosta de boi e cavalo, isso sim. Onde estavam os moradores? O carroceiro não sabia. E Florita?

Bate o pé por aí.

Vai atrás dela.

Era estranho contemplar as fachadas cegas da casa. Os Becassis devem ter ido à Boa Vida, pensei. Mas, quando vi Florita empurrando um tabuleiro com rodas de madeira, percebi que ela não morava mais no palácio branco.

Contou que não tinha perfumaria coisa nenhuma. Uma semana depois da minha partida, Becassis vendeu as duas propriedades para a família Adel. No dia seguinte Florita teve que sair da casa. Estiliano alugou um quartinho para ela no porto de Santa Clara. E Leontino Byron deu a Florita um tabuleiro para vender beijus e queijo de coalho.

Dois amigos do teu pai me tiraram da rua, disse Florita, com raiva. Mesmo morto, ele continua a me ajudar. E olha o que fizeram contigo.

Eu estava na rua de terra, entre uma carroça cheia de caixas e uma mulher humilhada. Dei os presentes para Florita e disse que podíamos passar uns dias na casa de Estiliano. Ela pôs os embrulhos no tabuleiro e foi embora sem dizer nada.

A teimosia é uma estupidez que destrói nossa vida. Fui teimoso e petulante em desprezar o presságio de Florita. Pensava nisso enquanto caminhava para a lagoa da Francesa.

Estiliano almoçava no centro da mesa; ao redor do prato, livros abertos. Mastigava, bebia e fazia uma pausa para ler um dos volumes. Quando me viu, largou a colher e me convidou para almoçar. Recusei, coloquei os livros franceses na mesa, ele sorriu com prazer. Eu disse que Becassis e Adel eram farsantes, e que eu queria saber o que havia por trás da farsa.

Por que farsa? São negócios. Tu não entendes nada disso. Horadour Bonplant desistiu de vender a perfumaria. Eu mesmo fui conversar com ele, mas o francês pediu uma fortuna. Aumentava o preço a cada semana, aí Becassis se enfezou e decidiu vender as duas propriedades para Genesino Adel.

Não acredito nisso, eu disse a Estiliano.

Passa na perfumaria e pergunta ao Bonplant...

Amando, interrompi. Onde ele entra nessa história?

Que tu queres dizer?

Azário, o filho de Estrela. O rapaz azedo que nem Amando. As mãos grandes, o mesmo olhar do meu pai.

Na tua cabeça só cabe fantasia, Arminto. E nos bolsos, sobrou algum dinheiro? Não sobrou nada, não é? Perdeste o palácio branco e a Boa Vida. Perdeste tudo.

Levantou e andou ao redor da mesa, fechando os livros.

Numa época de prosperidade isso seria apenas desperdício, disse Estiliano. Mas neste tempo de penúria é suicídio.

Fiquei no melhor hotel de Belém, tentei desafogar a saudade de Dinaura, esbanjei à vontade. Meu pai nem falou de mim para o recepcionista do hotel. Me vinguei...

Vingança? Que há depois da morte?, ele perguntou. Agora vamos procurar uma casa, tua última moradia.

Com o dinheiro que sobrou, comprei esta tapera. Genesino Adel nem me devolveu os móveis e objetos do palácio branco. Ele odiava meu avô. Só naquela época eu soube que Edílio Cordovil tinha abusado de uma portuguesa, mãe de Genesino, uma das noivas abandonadas por Edílio. Salomito Benchaya me contou isso quando passei no bar do Mercado para tomar um trago. Não foi só a mãe do velho Genesino, revelou Salomito. Diz que teu avô noivava, prometia casar, largava a noiva e procurava outra moça.

Amando deve ter agido da mesma maneira com a filha de Becassis. Se Florita sabia disso, decidiu calar o bico. Pior foi a decisão de não morar mais comigo. Tive que aprender a viver sem a Flor da minha infância e juventude.

Às vezes, preocupado com a minha solidão, Estiliano vinha conversar. Não falava da vida dele, há pessoas que morrem com seus segredos. Mas uma tarde revelou que ficara muito abalado com a morte do meu pai; e que os dois planejavam viajar para Paris.

Só vocês dois?

Sim.

Nas outras visitas, comentava os livros que eu havia comprado em Belém. Dizia que o fim da tarde o inspirava e incomodava, e que sentia nesse momento do dia um desejo absurdo de sofrer. Bebia duas garrafas de tinto, e antes de anoitecer lia poemas de Cesário Verde e Manuel Bandeira. Ia embora meio bêbado, a voz rouca e grave dizendo: "A vida passa, a vida passa, e a mocidade vai acabar...".

Na tarde de um sábado me arrastou para o sarau literário na lagoa da Francesa. Estiliano não deixava nenhum livro morrer nas estantes da sala. Quando ele se mudou para cá, trouxe de Manaus uma biblioteca que assombrou a cidade. Caminhava de manhãzinha até o porto de Santa Clara e voltava para ler. Aos sábados, recitava poemas e oferecia vinho e licor de taperebá aos poucos leitores de Vila Bela. Dizia: Quando parar de trabalhar, não quero mais saber de leis, códigos, nada disso. Só de ler. Saí do sarau com tanta saudade de Dinaura, que nunca mais voltei. Ele me mostrou o livro de onde copiou o poema que enviei a madre Caminal, recitou poemas de brasileiros e portugueses, e também de um poeta francês, muito moderno, que tinha escrito poemas de amor quando combatera na Primeira Guerra. Os versos insuflaram ainda mais o desejo da minha amada. Quando Estiliano terminou de ler, eu disse, quase sem voz: Isso é uma tortura.

É a nossa vida quando não dá certo, ele corrigiu. Mas só os poetas sabem dizer.

Durante algum tempo Estiliano ainda me visitou, e nas nossas conversas evitávamos falar de Amando, dos cargueiros, do passado. Deixava livros que eu demorava a ler, porque parava numa página e pensava em Dinaura, ou abria qualquer página e minha amada estava lá, disfarçada sob outro nome, outra vida. Lembro que naquela época ele começou a traduzir um poema grego, e até me deu a primeira parte dessa tradução. Passou muito tempo sem pisar aqui, desde a tarde chuvosa em que falava de seus poetas queridos, declamando versos deles, e, enquanto ele folheava um livro, eu contemplava o rio e chorava.

Nunca te vi chorar por um poema, Estiliano disse.

Não choro pelas palavras. Choro de saudade de uma mulher que tu odeias. A madre espanhola mentiu... Alguém mentiu para mim.

Ele pôs os livros na pasta de couro, levantou e disse que eu devia entender uma coisa: as paixões são misteriosas como a natureza. Quando alguém morre ou desaparece, a palavra escrita é o único alento.

Ia mandar Estiliano ao diabo, ele e a palavra escrita e toda a poesia do mundo, mas o homem já estava na rua de terra, e eu lambia lágrimas. Não o procurei mais, nem para pedir dinheiro. Uns anos depois, quando quatro turistas paulistas passaram por Vila Bela, ganhei um dinheirinho. Três mulheres e um homem. Escritor. Elas eram elegantes e posudas, todas vestidas de preto, e viviam molhadas de tanto calor. Foi um alvoroço, os homens não saíam de perto das grã-finas. O escritor puxava conversa com todo mundo: índios, caboclos, artesãos e compositores de toadas. E não se cansava de anotar o nome de plantas e bichos. Comia tudo, até piranha frita. Os quatro foram recebidos pelo prefeito e homenageados pelo Conselho Municipal. No jantar oferecido por Genesino Adel, Estiliano era o único convidado que sabia alguma coisa do escritor. As mulheres ficaram tão admiradas com o palácio branco, que Estiliano falou de mim e dos Cordovil. No dia seguinte as paulistas me visitaram. Juntou tanta gente ali na porta, até Florita veio ver as turistas. Contei a elas que havia herdado o palácio branco e agora morava aqui. Quiseram conhecer o casebre, e saíram angustiadas com tamanha pobreza. Então mostrei as peças de organdi e seda da Paris n'América. Queria vender tudo, por qualquer preço. Compraram. Uma delas, a mais velha, quis saber para quem eu ia dar tanto tecido maravilhoso.

Para minha amada Dinaura.

Morreu?

Não, anda por aí, em alguma cidade encantada. Mas um dia ela volta. Se vocês ouvirem esse nome, é ela, não tem outra no mundo.

As três mulheres me olharam como se eu fosse um demente, e eu me acostumei com esse jeito de ser olhado.

Dei uma parte do dinheiro para Florita e guardei um pouco para dias piores. Depois embaralhei o tempo, perdi a conta dos dias, esperando por um milagre. Mudava de humor: hoje, esperança; amanhã, desespero. Essas árvores foram plantadas por Florita. De vez em quando ela trazia guisadinho de carne com maxixe e arroz com folhas de jambu ensopado em molho de tucupi, iguarias que costumava preparar no palácio branco. Dizia que eu estava desmiolado de tanto pensar em Dinaura: não suportava me ver assim, alesado, com cara de sapo triste. Servia meu almoço, colhia frutas no quintal, e, quando batiam as cinco pancadas do sino, ficava perto de mim, só para sentir minha ansiedade e me ver agitado. Então resmungava: Faz tanto tempo, e tu ainda sonhas com aquela ingrata. Depois ela ia embora. Ciumenta e orgulhosa, empurrando o tabuleiro. Nunca mais lhe dei moedas, nem pedi um centavo. Agora éramos iguais.

Uma manhã em que ela estava aqui, um menino veio deixar um canudo de papel. Seu Genesino Adel mandou, disse ele.

Desenrolei, e vi a fotografia dos meus pais recém-casados. Rasguei o papel no meio, dei para Florita o rosto de Amando, e pendurei a imagem de minha mãe, Angelina, na parede do único quarto desta tapera. Esperei mais dois anos para entrar no palácio branco. Isso foi quando Genesino Adel vendeu o imóvel para o tribunal de justiça. Não visitei a casa, entrei pelos fundos só para rever no meio da fonte a cabeça esculpida de minha mãe. Beijei os olhos de pedra, beijei o rosto amornado pelo sol, e pedi ao juiz que me autorizasse a trazer a cabeça para o meu quarto. Ele negou. Jurei: não ia mais pisar no palácio branco. Olhei pela última vez o rosto de pedra e pedi a minha finada mãe que me ajudasse a encontrar Dinaura.

Comprei uma canoa grande e atraquei ao porto, oferecendo um passeio aos passageiros da Booth Line. Depois, quando o *Hilary* inaugurou a linha Liverpool-Manaus, recebi gorjetas gordas. Era um colosso de navio, muito maior que os da Hamburgo-América do Sul. Nos passeios de canoa víamos garças no lombo de búfalos e, às vezes, um gavião-real voando sobre um lago de águas pretas. Lembro de um grupo de turistas que queria ver índios. Eu disse: É só observar os moradores da cidade. Um dos turistas insistiu: Índios puros, nus. E então os acompanhei até a Aldeia da minha infância e mostrei a eles os últimos sobreviventes de uma tribo. Se vocês quiserem conversar com eles, conheço uma tradutora, eu disse, pensando em Florita. Não queriam conversar, e sim fotografar. E depois perguntei se desejavam ver os leprosos da ilha do Espírito Santo, e um dos turistas disse: Não, um não seco, definitivo. No fim do passeio eu mostrava a fachada do palácio branco e dizia que a casa havia pertencido à minha família. Depois contava o sumiço de Dinaura, mas acho que não acreditavam em mim, pensavam que eu fosse doido. Fui proibido de entrar no restaurante e nos salões do *Hilary*, e todo o luxo de uma época acabou numa lembrança amarga.

Um dia, no tumulto de um desembarque, quando eu tentava convencer um casal inglês a passear no Macurany, ouvi um lamento em voz alta: Beiju fresquinho... Florita gritava, como se os ingleses entendessem português. Não vendeu nada. O casal inglês escolheu outro barqueiro, e eu fiquei sem gorjeta. Quando o *Hilary* apitou, os passageiros deram adeus e jogaram moedas nas ubás dos índios.

Se eu fosse mais nova, ia embora desta terra, disse Florita.

Para onde?

Para outro mundo.

As máquinas do navio fizeram um estrondo, a fumaça nublou o céu, os canoeiros sumiram. E o porto deserto, com o cais em silêncio, me deixou melancólico. Olhei para o chão e vi os pés de Florita. Inchados, sujos de terra, as pernas também inchadas. O rosto já não escondia a velhice. Pus as mãos em sua cabeça e disse que meu plano era casar com Estrela só para não perder o palácio branco. Um plano que não ia dar certo porque eu amava Dinaura. Mas eu não tinha desconfiado de Becassis e Adel. Ela pensava mesmo que eles iam me enganar?

O que eu sei é que todo mundo me enganou, disse Florita.

Não aguentava mais passar o dia vendendo merenda por mixaria. Antes ganhava um pedaço de carne com osso no matadouro, agora nem isso. Pôs as mãos nas costas, murmurou: Meu corpo está doído, Arminto.

Empurrei o carrinho até aqui, e sentamos na sombra do jatobá. Comemos beiju, tomamos um pouco de tarubá e relembramos as noites da minha infância, quando meu pai andava por Manaus ou Belém e Florita traduzia as histórias que ouvíamos na Aldeia. No fim da tarde, quando a gente andava na beira do Amazonas, pensei na mulher: a tapuia que ia morar com o amante no fundo do rio. Lembrei o céu esquisito, com o arco-íris que parecia uma serpente no espaço. Florita se lembrava daquela tarde?

Ela entrou na água e, de costas para mim, disse:

Não foi isso que ela contou, não.

Mas ela falava em língua geral, e tu traduzias.

Traduzi torto, Arminto. Tudo mentira.

Mentira?

E eu ia contar para uma criança que a mulher queria morrer? Dizia que o marido e os filhos tinham morrido de febres, e que ela ia morrer no fundo do rio porque não queria mais sofrer na cidade. As meninas do Carmo, as indiazinhas, entenderam e saíram correndo.

Só agora estás contando. Por quê?

Agora estou sentindo o que a mulher dizia. Por isso.

Saiu da água, subiu o barranco e andou até a Ribanceira. Juntou no chão as flores da cuiarana e sentou no mesmo lugar da minha única noite de amor com Dinaura.

Tu ainda tiveste uns dias de felicidade, ela disse, sem olhar para mim. Quem nunca teve isso merece viver?

A voz de Florita não me recriminava, não queria me culpar. E nem era voz de ameaça. Insisti mais uma vez: que morasse comigo, deixasse de ser orgulhosa.

E tu lá moras sozinho? Moras com uma visagem.

Antes de ir embora, Florita me deu um olho de boto.

Olho esquerdo, para o teu desejo, disse.

Agradeci e enfiei o olho no bolso da calça.

A gente se encontrava em cada escala do *Hilary*, os dois tentando ganhar um dinheirinho de passageiros europeus. Quando ela me via com Oyama, deixava uns beijus e ia embora. A chegada dos japoneses animou a cidade; eles construíram uma vila com casas japonesas lá na ponta do rio Amazonas, bem na boca do paraná do Ramos. Fundaram outras colônias no rio Andirá, lá na terra dos saterés-maués, grandes agricultores. Plantaram arroz, feijão e milho, e conseguiram a proeza de plantar juta. Oyama parou ali no canto e perguntou com um gesto o nome da árvore que dá tanta sombra, e eu disse jatobá. Dei a ele frutas do quintal e mudas de plantas, e depois começamos a conversar. Quer dizer: eu não falava japonês, nem ele português. Ele perguntava alguma coisa, e eu dizia sim; eu perguntava, e ele ria e balançava a cabeça. Às vezes eu tagarelava, e ele tatalava. No fim era bom, porque um não entendia nada do que o outro dizia. Muito amável, o Oyama. Trouxe um peixe preparado à moda japonesa, e eu me fartei. Depois ele curvou a cabeça, se despediu e nunca mais apareceu.

Parei de ir ao porto porque muitos jovens de Vila Bela eram barqueiros ou canoeiros. Faziam uma zoada danada para chamar atenção; depois, com mímica, faziam graça para os passageiros do *Hilary*, graça e cara de súplica, e saíam com turistas para passear de canoa. E eu, envelhecido, sobrava. Então me afastei do mundo. Queria o silêncio. Voz, só a minha, para mim. Assim eu podia pensar no silêncio de Dinaura. O silêncio escondia alguma coisa obscura? Nenhuma palavra, nenhum som, essa mudez crescia e parecia uma faca que me ameaçava, cortando meu sossego. De manhã cedo, o sol ainda manso, eu saía para caminhar até a Ribanceira e ficava encostado no tronco da árvore, a mesma cuiarana que nos abrigou numa noite de chuva e prazer. Cuiarana: árvore de flores lindas, pétalas espessas, sem palidez: amarelas, róseas, quase vermelhas. O cheiro da flor é forte que nem perfume de rosa. E o fruto, grande e pesado como cabeça de homem. Quando cai e fica esquecido no chão, cheira a coisa podre, estragada. Nem os porcos comem. No fim da tarde, durante um aguaceiro, eu me deitava sobre as flores e relembrava aquela noite. E todo ano, em julho, 16 de julho, na noite da festa da Padroeira, recordava a dança, o corpo de Dinaura rodopiando ao lado da dançarina do quilombo Silêncio do Matá. Alguma coisa tinha mudado. A festa acabava à meia-noite. Ou até mais tarde. Eu ouvia a voz das penitentes, os sons dos músicos, outros músicos, as risadas femininas que varavam a escuridão; escutava ruídos de passos apressados e furtivos, via um barco atracado balançar, depois ouvia outras risadas com cochichos de prazer. O assombro delicioso do gozo. E me espremia de tanta saudade. Numa manhã de 17 de julho, pensei em conversar com madre Caminal, e num rompante saí daqui e atravessei a praça do Sagrado Coração de Jesus, onde vi as bandeirolas do festejo no coreto, garrafas de guaraná e cerveja no chão, o tablado vazio, as cinzas da fogueira; por sorte não vi Iro, o recadeiro azarento. E isso me deu esperança. Por um segundo intuí que não ia encontrar a diretora do colégio, e sim Dinaura. Abri o portão, vi um grupo de meninas jogando peteca no jardim; alguma coisa tinha mudado, porque essas órfãs já não trabalhavam durante a manhã. Vi duas religiosas, a mais jovem uma noviça. Estranharam a presença de um homem com olhos tristes no rosto pálido, e roupa velha. Um homem de meia-idade que queria ver a diretora. Madre Caminal, eu disse. Nossa veneranda Joana Caminal? Está na Espanha, senhor, disse a noviça. Ela nos deixou há seis anos. Nossa veneranda quis morrer na Catalunha, mas está viva. Nem se despediu de mim, eu disse, com despeito. Elas me olharam com incompreensão. Depois se afastaram, deram as mãos às órfãs, fizeram uma roda, cantaram, pularam corda. Quanta vivacidade. Quanta alegria diante da casa de Deus. Nem sombra da minha amada. Voltei para cá com o demônio da saudade. Quando cochilava depois do almoço, acordava com uma voz que me perguntava se era eu mesmo que estava debaixo da chuva, rindo ou chorando, com as mãos cheias de flores. Um cancionista da ilha até compôs uma toada, já esquecida: "A mulher encantada". A canção contava a história de Dinaura, sua vida de rainha infeliz no fundo do rio. Isso faz anos, quando andei na cidade pela última vez.

A tristeza que senti naquela tarde começou no meio da manhã. Eu colhia jambos rosados quando um homem apareceu. Empurrava bem devagar o tabuleiro de Florita, e parou ali na beirada da rua. Fui ver o que ele queria e vi minha Flor deitada no tabuleiro.

Dormindo no sol?, perguntei.

O homem tirou o chapéu e disse: Acordou morta.

Era um vizinho de Florita.

Morreu assim de repente, que nem Amando. Foi velada na capela do Carmo, em respeito ao meu pai. Chorei que só diante do jazigo da família. O último choro da minha vida. A morte de Florita rompeu os laços com o passado. Eu, sozinho, era o passado e o presente dos Cordovil. E não queria futuro para homens da minha laia. Tudo vai acabar neste corpo de velho.

Aos domingos, Ulisses Tupi ou Joaquim Roso deixavam um peixe ali na porta. Eu salgava e secava as postas; era o meu almoço, com muita farinha pra encher o bucho, e uma banana que eu pegava no quintal. Acabei assim? Só que minha vida ainda deu outra volta. E me abismou. A Segunda Guerra chegou até aqui. E pela primeira vez um presidente da República visitou Vila Bela. Toda a cidade foi aplaudir o homem na praça do Sagrado Coração. Até os mortos estavam lá. Eu, que só vivia para Dinaura e podia morrer por ela, não saí deste casebre. O presidente Vargas disse que os aliados precisavam do nosso látex, e que ele e todos os brasileiros fariam tudo para derrotar os países do Eixo. Então milhares de nordestinos foram trabalhar nos seringais. Soldados da borracha. Os cargueiros voltaram a navegar nos rios da Amazônia; transportavam borracha para Manaus e Belém, e depois os hidroaviões levavam a carga para os Estados Unidos. Os sonhos e as promessas também voltaram. O paraíso estava aqui, no Amazonas, era o que se dizia. O que existiu, e eu não esqueci nunca, foi o barco *Paraíso*. Atracou aí embaixo, na beira do barranco. Trouxe dos seringais do Madeira mais de cem homens, quase todos cegos pela defumação do látex. Lá onde ficava a Aldeia, o prefeito mandou derrubar a floresta para construir barracos. E um novo bairro surgiu: Cegos do Paraíso. Outros seringueiros ocuparam a beira da lagoa da Francesa e do rio Macurany, e fundaram o Palmares. E eu permaneci sob este telheiro. Pensava na órfã quando os hidroaviões sobrevoavam Vila Bela; pensava na vida com Dinaura, em outro lugar. Conversava com ela, imaginando a mulher ao meu lado. E dizia em voz alta que ia encontrá-la e que nós dois íamos partir. Minha imaginação corria rio abaixo até o mar, e isso me assanhava. Olha só: um corpo parado com a imaginação solta, com as ideias agitadas... Esse corpo sobrevive. Copiei o poema grego traduzido por Estiliano, e li esse poema tantas vezes que até decorei uns versos: "Vou embora para outra terra, encontrar uma cidade melhor. Para onde olho, qualquer lugar que o olhar alcança, só vejo miséria e ruínas". Dizia essas palavras olhando o rio e a floresta, pensando no pedido que fiz a minha mãe, Angelina. Quem mais eu conhecia? Cordovil era apenas um nome sem memória. Os mais antigos da cidade estavam enterrados. Ulisses Tupi e Joaquim Roso eram apenas mãos generosas que deixavam peixes para o meu sustento e iam embora. De madrugada eu não conseguia dormir. Ouvia o barulho dos barcos e saltava da rede. Passavam que nem fantasmas na noite. Eu olhava o brilho inútil das estrelas, bebia, às vezes dormia aqui mesmo, na umidade do sereno. E quantos pesadelos: naufrágios que nunca terminavam. Acordava com imagens de colisão de barcos e sons estrondosos; acordava com a imagem do rosto de Juvêncio, um rosto inchado, desfigurado, sem olhos, as mãos espalmadas, me pedindo esmola. Passava o dia fugindo dessas coisas irreais, absurdas, mas que pareciam tão vivas que me davam medo. Não sabia o que fazer quando estava acordado, então falava sozinho para esquecer os pesadelos. Os peixeiros e barqueiros diziam que a minha cabeça estava oca, sem razão. E esse rumor trouxe um visitante, meu único e último amigo.

Fazia tempo que não nos víamos. Nenhum dos dois saía mais de casa. Estiliano sentou aí mesmo, nesse banquinho que ganhei de um sateré-maué. Muito velho, mas ainda robusto. E um pouco corcunda, com a cabeça descaída para a terra. Usava o mesmo paletó branco, o emblema com as balanças da Justiça na lapela. Ele acreditava.

Ficamos algum tempo em silêncio, até ele dizer duas palavras:

Vou morrer.

Todos nós vamos.

Vou morrer antes de ti, continuou. Que tu andas falando na cidade?

Não vou mais à cidade, Estiliano. Digo as mesmas palavras sem arredar o pé. O poema grego. Tua tradução do poeta grego, a tradução que não terminaste.

Repeti as palavras, olhando o Amazonas e as ilhas.

Ele balançou a cabeça e suspirou:

Palavras inúteis, Arminto.

Inúteis, por quê?

Porque, se fores embora, não vais encontrar outra cidade para viver. Mesmo se encontrares, a tua cidade vai atrás de ti. Vais perambular pelas mesmas ruas até voltares para cá. Tua vida foi desperdiçada neste canto do mundo. E agora é tarde demais, nenhum barco vai te levar para outro lugar. Não há outro lugar.

Estiliano tirou do bolso do paletó um envelope com pó de guaraná, cor de sangue. Pôs um pouco de pó na boca, mastigou e engoliu.

Uma vida com Dinaura, eu disse. Só isso me dá ânimo. Dinaura tinha um segredo para contar. Ela acreditava...

Neste tempo de guerra, fome e abandono as pessoas acreditam em tudo, disse Estiliano. Mas o segredo de Dinaura...

Guardou no bolso o envelope, me olhou com demora, com uma ternura que me embaraçou. Porque não era só ternura: era como se ele olhasse meu pai. E então disse em voz baixa: Dinaura voltou para a ilha.

Levantei e me aproximei dele: Ilha? Que estás querendo dizer?

Pediu que eu sentasse e não ficasse nervoso. Disse que queria me contar antes de morrer. Era um segredo entre ele e meu pai. Mas ele não sabia tudo.

Sei que Amando dependia de relações com políticos, disse Estiliano. Apostou tudo na concorrência de 1912 e perdeu para uma grande companhia de navegação. Mas não morreu por causa disso. Faz muito tempo, tu ainda moravas na pensão Saturno e estudavas para entrar na faculdade de direito. Teu pai quis conversar comigo na chácara do bairro dos Ingleses. Ele estava nervoso, angustiado. Quase não reconheci o homem. Disse que sustentava uma moça órfã. Por pura caridade. Depois disse que não era só caridade. E me pediu que não contasse para ninguém. Não me disse se era filha ou amante... Tinha idade para ser as duas coisas. No começo pensei que fosse filha dele, depois mudei de ideia. E sempre fiquei na dúvida. Foi a única vez que teu pai me confundiu e me magoou. Ele trouxe a moça para cá, disse para madre Caminal que era uma afilhada dele e que devia morar com as carmelitas. Pediu que a diretora guardasse esse segredo. Sei que Dinaura morava sozinha numa casa de madeira que Amando construiu atrás da igreja. Vivia com regalias, comida boa, e eu mandava livros, porque ela gostava de ler. Foi um erro de Amando. Um erro moral. Mas ele queria morar aqui e ficar perto dela.

Dinaura... Minha irmã?, eu disse, engasgado.

Meio-irmã, corrigiu Estiliano. Ou madrasta. Essa é a minha dúvida. Por isso não queria te contar. Prometi ao teu pai que ia cuidar dela, caso ele morresse antes de mim. Até hoje não sei quem ela é. Descobri que a mãe nasceu numa ilha do rio Negro. Dinaura me escreveu uma carta, pedindo para morar lá. Queria ir embora de Vila Bela. Quando voltei de Belém, passei dois dias aqui. Tu estavas em Manaus. Foi na época do naufrágio do *Eldorado*. Conversei com madre Caminal e ajudei Dinaura.

Nós tivemos uma noite de amor, eu disse.

Por isso ela quis ir embora. Na mesma carta ela escreveu que a história de vocês só existia nos romances.

Ela está viva? Onde fica a ilha?

Estiliano abriu uma folha de papel e me mostrou um mapa com duas palavras: Manaus e Eldorado.

Li em voz alta as palavras e olhei para Estiliano.

Já foram sinônimos, disse ele. Os colonizadores confundiam Manaus ou Manoa com o Eldorado. Buscavam o ouro do Novo Mundo numa cidade submersa chamada Manoa. Essa era a verdadeira cidade encantada.

E o mapa? Dinaura está em Manaus ou na ilha?

Ela foi morar no povoado da ilha, o Eldorado, disse Estiliano. Alguém, por engano ou malícia, disse para madre Caminal que Dinaura tinha uma doença grave. Não, não foi teu pai. Ela pode ter incutido na cabeça que estava doente. Não quis me dizer. Acho que só teu pai arrancava uma palavra daquela mulher. Madre Caminal concordou. E ela foi embora. A ilha fica a poucas horas de Manaus. Dinaura deve estar no Eldorado. Viva ou morta. Não sei. Eu é que não queria morrer com esse segredo. Por isso vim aqui. E também por amizade ao teu pai.

Meu pai. Naquele momento pensei: pobre Estiliano, um velho senil. Disse a ele que não tinha um centavo mas estava decidido a vender este casebre para ir a Manaus e à ilha.

Tirou do bolso um maço de notas e pôs sobre os meus joelhos. Por Deus, fazia quanto tempo que eu não via dinheiro. Então ele disse que estava com pressa, muito ocupado com a morte dele. Sorriu, sem complacência. E explicou:

Tenho que assinar no cartório os termos de doação da minha casa e dos meus livros. Quero doar tudo para Vila Bela e realizar um desejo do meu amigo. Teu pai queria construir uma biblioteca nesta pobre cidade. Não viveu para tanto.

Levantou e me deu um abraço. E assim vi Estiliano pela última vez, usando o paletó branco, calça de suspensórios e sapatos velhos.

O destino é o que há de mais imponderável na vida, ele

costumava dizer. Stelios da Cunha Apóstolo. Morreu quando eu estava navegando para o Eldorado. Foi enterrado no jazigo dos Cordovil. Guardei o poema espanhol, e até hoje guardo o mapa da ilha.

Viajei numa embarcação velha: um vapor do Mississippi, o último que navegava na Amazônia. Pendurei no pescoço o olho de boto que ganhei de Florita e enfiei no bolso da calça a fotografia de minha mãe, Angelina. Dormi numa rede na terceira classe, no convés da linha-d'água. Muita zoada, aves e porcos amarrados, um cheiro azedo de suor e sujeira. E a comida, uma babugem. Nada disso era importante, porque aquela podia ser a viagem da minha vida, ao coração esquivo da mulher que eu amava.

Bem cedinho, quando o barco se aproximava de Manaus, subi à cabine de comando para ver as torres da catedral e a cúpula do teatro Amazonas. Lembrei da chácara no bairro dos Ingleses, da pensão Saturno e da mercearia Cosmopolita, do trabalho no empório do português e no Manaus Harbour. No porto da Escadaria, um batelão descarregava látex. O cheiro me deu enjoo, as pelas de borracha empilhadas pareciam um monte de urubus mortos. Uma visão feia a poucos quarteirões da empresa que eu havia herdado e perdido. No cais, fui cercado por vendedores de objetos deixados pelos americanos durante a Segunda Guerra. Não comprei nada. Ninguém reconheceu um Cordovil do passado. Eu até podia estar na pele de um dos marreteiros; a diferença é que minha história era outra. Mas isso não é tudo? Por vingança e por prazer pueril eu tinha jogado fora uma fortuna. E olha só: não me arrependo.

Mostrei o mapa a um prático experiente e disse a ele que procurava um povoado na ilha do Eldorado.

Sei que tem uma vila de leprosos numa das ilhas das Anavilhanas, ele disse. Doentes que fugiram da colônia de Paricatuba.

A doença que Dinaura escondia? Imaginei a beleza destruída, pensei no silêncio dos nossos encontros. O prático me viu abatido, perguntou se eu estava mareado. Raiva, isso sim. Se Dinaura fosse filha de Amando ou se tivesse sido amante dele era uma história entre os dois. E uma dúvida para sempre. Mas eu também não fazia parte dessa história?

Saímos de Manaus numa lancha pequena, e no meio da manhã navegamos no coração do arquipélago das Anavilhanas. A ânsia de encontrar Dinaura me deixou desnorteado. A ânsia e as lembranças da Boa Vida. A visão do rio Negro derrotou meu desejo de esquecer o Uaicurapá. E a paisagem da infância reacendeu minha memória, tanto tempo depois. Costelas de areia branca e estirões de praia em contraste com a água escura; lagos cercados por uma vegetação densa; poças enormes, formadas pela vazante, e ilhas que pareciam continente. Seria possível encontrar uma mulher naquela natureza tão grandiosa? No fim da manhã alcançamos o paraná do Anum e avistamos a ilha do Eldorado. O prático amarrou os cabos da lancha no tronco de uma árvore; depois procuramos o varadouro indicado no mapa. A caminhada de mais de duas horas na floresta foi penosa, difícil. No fim do atalho, vimos o lago do Eldorado. A água preta, quase azulada. E a superfície lisa e quieta como um espelho deitado na noite. Não havia beleza igual. Poucas casas de madeira entre a margem e a floresta. Nenhuma voz. Nenhuma criança, que a gente sempre vê nos povoados mais isolados do Amazonas. Os sons dos pássaros só aumentavam o silêncio. Numa casa com teto de palha pensei ter visto um rosto. Bati à porta, e nada. Entrei e vasculhei os dois cômodos separados por um tabique da minha altura. Um volume escuro tremia num canto. Fui até lá, me agachei e vi um ninho de baratas-cascudas. Senti um abafamento; o cheiro e o asco dos insetos me deram um suadouro. Lá fora, a imensidão do lago e da floresta. E silêncio. Aquele lugar tão bonito, o Eldorado, era habitado pela solidão. No fim do povoado encontramos uma casa de farinha. Escutamos uns latidos; o prático apontou uma casa na sombra da floresta. Era a única coberta de telhas, com uma varanda protegida por treliça de madeira e uma lata com bromélias ao lado da escadinha. Um ruído no lugar. Na porta vi o rosto de uma moça e fui sozinho ao encontro dela. Escondeu o corpo, e eu perguntei se morava ali.

Moro com minha mãe, ela disse, esticando o beiço para o outro lado do lago.

Onde estão os outros?

Morreram e foram embora.

Morreram e foram embora?

Ela confirmou. E apareceu aos poucos, até mostrar o corpo inteiro, retraído pela timidez e desconfiança.

Trabalhava nesta casa?

Passo o dia aqui.

Conhecia uma mulher... Dinaura?

Recuou um pouco, juntou as mãos, como se rezasse, e virou a cabeça para o interior da casa.

A sala era pequena, com poucos objetos: uma mesinha, dois tamboretes, uma estante baixa, cheia de livros. Duas janelas abertas para o lago do Eldorado. Parei perto do corredor estreito. Antes de eu entrar no quarto, o prático e a moça me olhavam, sem entender o que estava acontecendo, o que ia acontecer.

Voltei para Vila Bela e fiquei escondido aqui, mas estava muito mais vivo. Ninguém quis ouvir essa história. Por isso as pessoas ainda pensam que moro sozinho, eu e minha voz de doido. Aí tu entraste para descansar na sombra do jatobá, pediste água e tiveste paciência para ouvir um velho. Foi um alívio expulsar esse fogo da alma. A gente não respira no que fala? Contar ou cantar não apaga a nossa dor? Quantas palavras eu tentei dizer para Dinaura, quanta coisa ela não pôde ouvir de mim. Espero o macucauá cantar no fim da tarde. Ouve só esse canto. Aí a nossa noite começa. Estás me olhando como se eu fosse um mentiroso. O mesmo olhar dos outros. Pensas que passaste horas nesta tapera ouvindo lendas?

# POSFÁCIO

Num domingo de 1965, quando ainda não havia TV no Amazonas, meu avô me chamou para almoçar na sua casa. Eu nunca recusava esses convites, pois sabia que, depois de comer os quitutes preparados pela minha avó, ele me convidaria para conversar à sombra de um jambeiro. Na verdade, era um monólogo, que eu interrompia apenas com perguntas. Naquela tarde, meu avô me contou uma das histórias que ouviu em 1958, numa de suas viagens ao interior do Amazonas.

Era uma história de amor, com um viés dramático, como ocorre quase sempre na literatura e, às vezes, na vida. Essa história evocava também um mito amazônico: o da Cidade Encantada.

Muitos nativos e ribeirinhos da Amazônia acreditavam — e ainda acreditam — que no fundo de um rio ou lago existe uma cidade rica, esplêndida, exemplo de harmonia e justiça social, onde as pessoas vivem como seres encantados. Elas são seduzidas e levadas para o fundo do rio por seres das águas ou da floresta (geralmente um boto ou uma cobra sucuri), e só voltam ao nosso mundo com a intermediação de um pajé, cujo corpo ou espírito tem o poder de viajar para a Cidade Encantada, conversar com seus moradores e, eventualmente, trazê-los de volta ao nosso mundo.

Lembro de que meu avô passou algumas horas contando essa história, que escutei magnetizado por sua eloquência e seus gestos teatrais.

Anos depois, ao ler os relatos de conquistadores e viajantes europeus sobre a Amazônia, percebi que o mito do Eldorado era uma das versões ou variações possíveis da Cidade Encantada, que, na Amazônia, é referida também como uma *lenda*. Mitos que fazem parte da cultura indo-europeia, mas também da ameríndia e de muitas outras. Porque os mitos, assim como as culturas, viajam e estão entrelaçados. Pertencem à História e à memória coletiva.

Quando meu avô me contou a história dos órfãos, eu quis saber onde ele a havia escutado. Anos depois, ao viajar pelo Médio Amazonas, procurei o narrador na cidade indicada. Ele morava na mesma casa que meu avô tinha descrito, e estava tão velho que nem sabia sua idade. Ele se recusou a contar sua história:

"Já contei uma vez, para um regatão que passou por aqui e teve a gentileza de me ouvir. Agora minha memória anda apagada, sem força..."

# AGRADECIMENTOS

Usei livremente algumas poucas narrativas indígenas e passagens dos livros de Betty Mindlin, Candace Slater e Robin M. Wright sobre mitos da Amazônia brasileira. Embora esta ficção não se refira diretamente aos índios ou à cultura indígena, a leitura do ensaio *A inconstância da alma selvagem*, de Eduardo Viveiros de Castro, foi importante para a compreensão dos tupinambás da Amazônia e para refletir sobre este romance.

Agradeço ao editor Jamie Byng, da Canongate, que se interessou pelo projeto deste livro e o incluiu na coleção Mitos. Um agradecimento muito especial a Ruth Lanna, Samuel Titan Jr. e aos meus amigos e editores Luiz Schwarcz, Maria Emília Bender e Márcia Copola, que, como sempre, me deram ótimas sugestões.

Outros amigos que leram os originais sabem que sou grato pela sua leitura paciente e dedicada.

**MILTON HATOUM** nasceu em Manaus, em 1952. Estreou na ficção com *Relato de um certo Oriente* (1989, prêmio Jabuti de melhor romance). *Dois irmãos* (2000) foi adaptado para televisão, teatro e quadrinhos. *Cinzas do Norte* (2005) ganhou os prêmios Jabuti, Livro do Ano, Bravo!, APCA e Portugal Telecom. Em 2006, publicou o livro de contos *A cidade ilhada*. Sua primeira novela, *Órfãos do Eldorado* (2008, 2º lugar no Jabuti), foi adaptada para o cinema. Em 2013, lançou a reunião de crônicas *Um solitário à espreita* e, em 2017, o romance *A noite da espera* (prêmio Juca Pato de Intelectual do Ano, da União Brasileira de Escritores), primeiro volume da trilogia *O lugar mais sombrio*. O segundo volume, *Pontos de fuga*, foi lançado em 2019. Sua obra de ficção, publicada em dezessete países, recebeu em 2018 o prêmio Roger Caillois (Maison de l'Amérique Latine/ PEN Club-França).

# COMPANHIA DE BOLSO

Luiz Felipe de ALENCASTRO (Org.)
*História da vida privada no Brasil 2 —*
*Império: a corte e a modernidade nacional*

Jorge AMADO
*Capitães da Areia*
*Dona Flor e seus dois maridos*
*Mar morto*
*Seara vermelha*
*Tenda dos Milagres*

Hannah ARENDT
*Homens em tempos sombrios*
*Origens do totalitarismo*

Philippe ARIÈS, Roger CHARTIER (Orgs.)
*História da vida privada 3 — Da Renascença*
*ao Século das Luzes*

Karen ARMSTRONG
*Em nome de Deus*
*Uma história de Deus*
*Jerusalém*

Paul AUSTER
*O caderno vermelho*

Ishmael BEAH
*Muito longe de casa*

Jurek BECKER
*Jakob, o mentiroso*

Marshall BERMAN
*Tudo que é sólido desmancha no ar*

Jean-Claude BERNARDET
*Cinema brasileiro: propostas para uma*
*história*

Harold BLOOM
*Abaixo as verdades sagradas*

David Eliot BRODY, Arnold R. BRODY
*As sete maiores descobertas científicas da*
*história*

Bill BUFORD
*Entre os vândalos*

Jacob BURCKHARDT
*A cultura do Renascimento na Itália*

Peter BURKE
*Cultura popular na Idade Moderna*

Italo CALVINO
*Os amores difíceis*
*O barão nas árvores*
*O cavaleiro inexistente*
*Fábulas italianas*
*Um general na biblioteca*
*Os nossos antepassados*
*Por que ler os clássicos*
*O visconde partido ao meio*

Elias CANETTI
*A consciência das palavras*
*O jogo dos olhos*
*A língua absolvida*
*Uma luz em meu ouvido*

Bernardo CARVALHO
*Nove noites*

Jorge G. CASTAÑEDA
*Che Guevara: a vida em vermelho*

Ruy CASTRO
*Chega de saudade*
*Mau humor*

Louis-Ferdinand CÉLINE
*Viagem ao fim da noite*

Sidney CHALHOUB
*Visões da liberdade*

Jung CHANG
*Cisnes selvagens*

John CHEEVER
*A crônica dos Wapshot*

Paulina CHIZIANE
*Niketche*

Catherine CLÉMENT
*A viagem de Théo*

J. M. COETZEE
*Infância*
*Juventude*
Joseph CONRAD
*Coração das trevas*
*Nostromo*
Mia COUTO
*Terra sonâmbula*
Alfred W. CROSBY
*Imperialismo ecológico*
Michael CUNNINGHAM
*As horas*
Robert DARNTON
*O beijo de Lamourette*
Charles DARWIN
*A expressão das emoções no homem e nos*
*animais*
Jean DELUMEAU
*História do medo no Ocidente*
Georges DUBY
*Damas do século XII*
*História da vida privada 2 — Da Europa*
*feudal à Renascença* (Org.)
*Idade Média, idade dos homens*
Mário FAUSTINO
*O homem e sua hora*
FERRÉZ
*Capão pecado*
Meyer FRIEDMAN,
Gerald W. FRIEDLAND
*As dez maiores descobertas da medicina*
Jostein GAARDER
*O dia do Curinga*
*Maya*
*Vita brevis*
Jostein GAARDER, Victor HELLERN,
Henry NOTAKER
*O livro das religiões*
Fernando GABEIRA
*O que é isso, companheiro?*
Luiz Alfredo GARCIA-ROZA
*O silêncio da chuva*
Eduardo GIANNETTI
*Autoengano*
*Vícios privados, benefícios públicos?*

Edward GIBBON
*Declínio e queda do Império Romano*
Carlo GINZBURG
*Os andarilhos do bem*
*História noturna*
*O queijo e os vermes*
Marcelo GLEISER
*A dança do Universo*
*O fim da Terra e do Céu*
Tomás Antônio GONZAGA
*Cartas chilenas*
Philip GOUREVITCH
*Gostaríamos de informá-lo de que amanhã*
*seremos mortos com nossas famílias*
Milton HATOUM
*A cidade ilhada*
*Cinzas do Norte*
*Dois irmãos*
*Órfãos do Eldorado*
*Relato de um certo Oriente*
*Um solitário à espreita*
Patricia HIGHSMITH
*Ripley debaixo d'água*
*O talentoso Ripley*
Eric HOBSBAWM
*O novo século*
*Sobre história*
Albert HOURANI
*Uma história dos povos árabes*
Henry JAMES
*Os espólios de Poynton*
*Retrato de uma senhora*
P. D. JAMES
*Uma certa justiça*
Ismail KADARÉ
*Abril despedaçado*
Franz KAFKA
*O castelo*
*O processo*
John KEEGAN
*Uma história da guerra*
Amyr KLINK
*Cem dias entre céu e mar*
Jon KRAKAUER
*No ar rarefeito*
*Sobre homens e montanhas*

Milan KUNDERA
  *A arte do romance*
  *A brincadeira*
  *A identidade*
  *A ignorância*
  *A insustentável leveza do ser*
  *A lentidão*
  *O livro do riso e do esquecimento*
  *Risíveis amores*
  *A valsa dos adeuses*
  *A vida está em outro lugar*
Danuza LEÃO
  *Na sala com Danuza*
Primo LEVI
  *A trégua*
Alan LIGHTMAN
  *Sonhos de Einstein*
Gilles LIPOVETSKY
  *O império do efêmero*
Claudio MAGRIS
  *Danúbio*
Naguib MAHFOUZ
  *Noites das mil e uma noites*
Norman MAILER (JORNALISMO LITERÁRIO)
  *A luta*
Janet MALCOLM (JORNALISMO LITERÁRIO)
  *O jornalista e o assassino*
  *A mulher calada*
Alberto MANGUEL
  *Uma história da leitura*
Javier MARÍAS
  *Coração tão branco*
Ian McEWAN
  *Cães negros*
  *O jardim de cimento*
  *Sábado*
Heitor MEGALE (Org.)
  *A demanda do Santo Graal*
Evaldo Cabral de MELLO
  *O negócio do Brasil*
  *O nome e o sangue*
Luiz Alberto MENDES
  *Memórias de um sobrevivente*
Gita MEHTA
  *O monge endinheirado, a mulher do bandido
    e outras histórias de um rio indiano*

Jack MILES
  *Deus: uma biografia*
Vinicius de MORAES
  *Antologia poética*
  *Livro de sonetos*
  *Nova antologia poética*
  *Orfeu da Conceição*
Fernando MORAIS
  *Olga*
Helena MORLEY
  *Minha vida de menina*
Toni MORRISON
  *Jazz*
V. S. NAIPAUL
  *Uma casa para o sr. Biswas*
Friedrich NIETZSCHE
  *Além do bem e do mal*
  *O Anticristo*
  *Assim falou Zaratustra*
  *Aurora*
  *O caso Wagner*
  *Crepúsculo dos ídolos*
  *Ecce homo*
  *A gaia ciência*
  *Genealogia da moral*
  *Humano, demasiado humano*
  *Humano, demasiado humano, vol. II*
  *O nascimento da tragédia*
Adauto NOVAES (Org.)
  *Ética*
  *Os sentidos da paixão*
Michael ONDAATJE
  *O paciente inglês*
Malika OUFKIR, Michèle FITOUSSI
  *Eu, Malika Oufkir, prisioneira do rei*
Amós OZ
  *A caixa-preta*
  *O mesmo mar*
José Paulo PAES (Org.)
  *Poesia erótica em tradução*
Orhan PAMUK
  *Meu nome é Vermelho*
Georges PEREC
  *A vida: modo de usar*

Michelle PERROT (Org.)
*História da vida privada 4 — Da Revolução
Francesa à Primeira Guerra*

Fernando PESSOA
*Livro do desassossego*
*Poesia completa de Alberto Caeiro*
*Poesia completa de Álvaro de Campos*
*Poesia completa de Ricardo Reis*

Ricardo PIGLIA
*Respiração artificial*

Décio PIGNATARI (Org.)
*Retrato do amor quando jovem*

Edgar Allan POE
*Histórias extraordinárias*

Antoine PROST, Gérard VINCENT (Orgs.)
*História da vida privada 5 — Da Primeira
Guerra a nossos dias*

David REMNICK (JORNALISMO LITERÁRIO)
*O rei do mundo*

Darcy RIBEIRO
*Confissões*
*O povo brasileiro*

Sidarta RIBEIRO
*Limiar*

Edward RICE
*Sir Richard Francis Burton*

João do RIO
*A alma encantadora das ruas*

Sérgio RODRIGUES
*O homem que matou o escritor*

João Guimarães ROSA
*Grande sertão: veredas*

Philip ROTH
*Adeus, Columbus*
*O avesso da vida*
*Casei com um comunista*
*O complexo de Portnoy*
*Complô contra a América*
*Homem comum*
*A humilhação*
*A marca humana*
*Pastoral americana*
*Patrimônio*
*Operação Shylock*
*O teatro de Sabbath*

Elizabeth ROUDINESCO
*Jacques Lacan*

Arundhati ROY
*O deus das pequenas coisas*

Murilo RUBIÃO
*Murilo Rubião — Obra completa*

Salman RUSHDIE
*Haroun e o Mar de histórias*
*Oriente, Ocidente*
*O último suspiro do mouro*
*Os versos satânicos*

Oliver SACKS
*Um antropólogo em Marte*
*Enxaqueca*
*Tio Tungstênio*
*Vendo vozes*

Carl SAGAN
*Bilhões e bilhões*
*Contato*
*O mundo assombrado pelos demônios*

Edward W. SAID
*Cultura e imperialismo*
*Orientalismo*

José SARAMAGO
*O Evangelho segundo Jesus Cristo*
*História do cerco de Lisboa*
*O homem duplicado*
*A jangada de pedra*

Arthur SCHNITZLER
*Breve romance de sonho*

Moacyr SCLIAR
*O centauro no jardim*
*A majestade do Xingu*
*A mulher que escreveu a Bíblia*

Amartya SEN
*Desenvolvimento como liberdade*

Nicolau SEVCENKO (Org.)
*História da vida privada no Brasil 3 —
República: da Belle Époque à Era do Rádio*

Dava SOBEL
*Longitude*

Susan SONTAG
*Doença como metáfora / AIDS e suas metáforas*
*Questão de ênfase*
*A vontade radical*

Jean STAROBINSKI
*Jean-Jacques Rousseau*

I. F. STONE
*O julgamento de Sócrates*
Keith THOMAS
*O homem e o mundo natural*
Drauzio VARELLA
*Estação Carandiru*
John UPDIKE
*As bruxas de Eastwick*
Caetano VELOSO
*Verdade tropical*
Erico VERISSIMO
*Caminhos cruzados*
*Clarissa*
*Incidente em Antares*
Paul VEYNE (Org.)
*História da vida privada 1 — Do Império Romano ao ano mil*

XINRAN
*As boas mulheres da China*
Ian WATT
*A ascensão do romance*
Cornel WEST
*Questão de raça*
Raymond WILLIAMS
*O campo e a cidade*
Edmund WILSON
*Os manuscritos do mar Morto*
*Rumo à estação Finlândia*
Edward O. WILSON
*Diversidade da vida*
Simon WINCHESTER
*O professor e o louco*

1ª edição Companhia das Letras [2008] 10 reimpressões
1ª edição Companhia de Bolso [2022]

Esta obra foi composta pela Verba Editorial
em Janson Text e impressa pela Gráfica Bartira em
ofsete sobre papel Pólen Natural da Suzano S.A.

A marca fsc® é a garantia de que a madeira utilizada na fabricação do papel deste livro provém de florestas que foram gerenciadas de maneira ambientalmente correta, socialmente justa e economicamente viável, além de outras fontes de origem controlada.